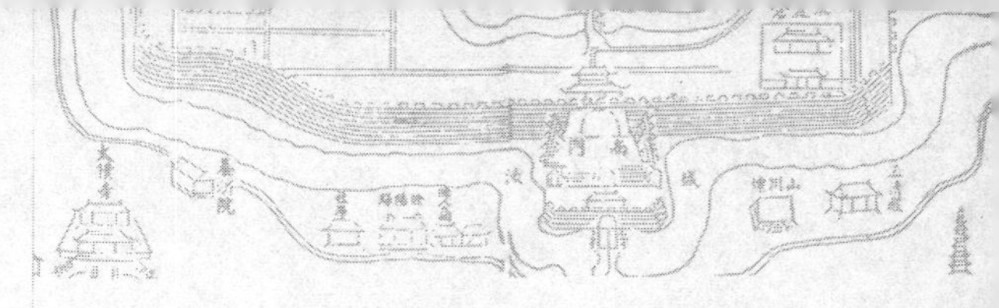
明代滁州城图

滁州古建筑的前世今生

CHUZHOU GUJIANZHU DE QIANSHIJINSHENG

黄玉才 著

全国百佳图书出版单位
时代出版传媒股份有限公司
黄山书社

图书在版编目(CIP)数据

滁州古建筑的前世今生 / 滁州市文联编；黄玉才著．
-- 合肥：黄山书社，2020.11
ISBN 978-7-5461-9441-7

Ⅰ.①滁… Ⅱ.①滁… ②黄… Ⅲ.①随笔－作品集
－中国－当代 Ⅳ.①I267.1

中国版本图书馆 CIP 数据核字 (2020) 第 238603 号

滁州古建筑的前世今生 **黄玉才 著**
CHUZHOU GUJIANZHU DE QIANSHIJINSHENG

出 品 人 贾兴权
责任编辑 向 焱
责任印制 李晓明 李 磊
装帧设计 钱志刚
出版发行 黄山书社（http://www.hspress.cn）
地址邮编 安徽省合肥市蜀山区翡翠路 1118 号出版传媒广场 7 层 230071
印 刷 永清县晔盛亚胶印有限公司
版 次 2020 年 12 月第 1 版
印 次 2023 年 6 月第 3 次印刷
开 本 700 mm × 1000 mm 1/16
字 数 120 千字
印 张 11.25
书 号 ISBN 978-7-5461-9441-7
定 价 48.00 元

服务热线 0551-63533768
销售热线 0551-63533788
官方直营书店（https://hsss.tmall.com）

总 序

滁州雄峙皖东，襟江带淮，春秋时期即为吴头楚尾之地。自隋开皇三年（583年）设州至今已1400多年，有“金陵锁钥、江淮保障”“形兼吴楚、气越淮扬”之誉。千百年来，长江文化、淮河文化、淮扬文化在这里交融传承，形成了滁州开创性、开放性和包容性兼备的文化特征。这些文化特征，孕育了滁州丰富多元而又有自身独特魅力的文化森林。

滁州人文荟萃，底蕴深厚。西晋末年，琅琊王司马睿由此东渡，建立东晋；五代后周，赵匡胤在此击败南唐主力，奠定北宋帝业根基；元朝末年，朱元璋肇建“滁阳一旅”，开创大明王朝。鲁肃、徐达、戚继光、憨山、吴敬梓、吴棠、章益等诸多名人光耀故里。唐宋年间，韦应物、李绅、李德裕、王禹偁、欧阳修、辛弃疾等文学家、政治家先后治滁，留下德政遗风和《滁州西涧》《醉翁亭记》等千古华章。明朝中期，一代儒学宗师王阳明任太仆寺少卿，讲学滁州，“儒风之盛、夙贯淮东”。

滁州敢为人先，具有光荣的革命传统。抗日战争时期，滁州是全国19个抗日根据地之一，刘少奇、罗炳辉、方毅、张云逸等老一辈革命家在此留下了光辉的战斗足迹。1978年，凤阳县小岗村18户农民首创农业“大包干”，揭开中国农村改革的序幕。历经四十多年的改革开放，滁州积极融入长三角，经济社会发展取得长足进展，主要经济指标稳居全省前列。

为弘扬和传承地域文化，由滁州市委、市政府提出，市委宣传部牵头，市文联组织创作了《滁州文化丛书》，收录的 8 本作品逾 150 万字，多角度讲述滁州文化故事，力求深层次挖掘滁州文化底蕴、展现滁州文化魅力。《醉翁亭畔话醉翁》以通俗活泼的文字勾勒了欧阳修在滁州为官两年多时间里的生动图景，深入发掘醉翁文化的当代价值。《朱元璋与淮西集团》重点描绘朱元璋与跟随他起兵的淮西籍（主要为现滁州市地域）将臣的卓著功勋、恩怨情仇，突出了“滁阳一旅”在朱元璋军事生涯中的独特作用，是朱元璋与凤阳、滁州故土关系的全新视角，史料翔实，逻辑严密。《王阳明在滁州》描写了王阳明在滁州任南京太仆寺少卿期间，广纳弟子，传授“心学”的脉络轨迹。晚清名臣四川总督吴棠，是从滁州走出的“天下知名淮海吏”，《封疆大吏吴棠》一书，依据大量的文献资料和吴氏宗亲的口述，对吴棠一生的功绩及吴棠故居做了详细介绍，很多资料、图片为业内首次披露。章益与其父章心培，均为滁州文化名人。他于 1943 年至 1949 年间出任国立复旦大学校长，将复旦大学完整地交给了新中国。《国立复旦校长章益》叙写了章益的生平事迹、学术成就等。《故事里的琅琊山》汇集了琅琊山说不完的故事，帝王将相、文人墨客、一木二瓦、片石半碣，都在传达这座滁州名山的文化情愫。滁州古建筑是滁州文明史的实物见证，是和古人对话的重要通道，《滁州古建筑的前世今生》一书，介绍了滁州市代表性古建筑，希望能让读者追书而行。《滁州民俗面面观》一书则介绍了滁州文化中积淀的岁时习俗、信仰习俗、生活生产经营习俗、婚育寿庆习俗等，对了解江淮地区民风民俗及其流变具有重要意义。

丛书的作者都长期致力于滁州地域文化研究，他们积极搜集资料，广泛开展田野调查，潜心开展创作，力求以最切合的形式，将作品的文化内涵表达完整，故事讲述生动活泼。书稿完成后，我们又先后聘请了刘思祥（安徽省社会科学院人物研究所原副所长、副研究员）、倪阳（滁州学院原党委副书记、市地情人文研究会会长）、许恒贵（滁州市委党史和地方志研究室副主任）、卜平（滁州市政协原调研员、章益生平研究专家）、骆跃泉（滁州市委党校总务处处长、市地情人文研究会副秘书长）、贡发芹（安徽省文史馆特聘研究员、明光市政协文史委主任、吴棠研究专家）等专家对 8 部作品分别进行审读，提出修改意见。在此，我们向各位作者、各位专家表示衷心感谢！

习近平总书记说："要讲清楚中华优秀传统文化的历史渊源、发展脉络、基本走向，讲清楚中华文化的独特创造、价值理念、鲜明特色，增强文化自信和价值自信。"同时强调，"在历史进程中凝聚下来的优秀文化传统，决不会随着时间推移而变成落后的东西。"《滁州文化丛书》的创作出版，正是践行习近平总书记讲话精神的具体体现。希望这套丛书能够继续延展下去，将滁州优秀历史文化不断发扬光大。

是为序！

《滁州文化丛书》推进工作领导小组

2020 年 12 月 23 日

目　录

宋嘉定字砖

1 上水关

上水关位于滁城西大街南侧，自北向南跨越内城河，为一桥式建筑，在滁州古城格局中居于原永丰门与观德门之间。

据清光绪二十三年（1897 年）熊祖诒《滁州志》记载，上水关始建于宋嘉定十年（1217 年），明代洪武年间重修，旨在拦西山诸溪之水。明代嘉靖十三年（1534 年），滨州人赵大纲来权州事，见此关历岁久远，灰石疏豁，兼捕署半夜出关捕盗，惊曰："城门尽闭，尔既可以夜出，盗宁不可以夜入耶！"为利城防，重新修关并增置铁栅，上设轱辘桩石以为启闭，同时置铺守卫。

文献记载，至清光绪二十二年(1896 年)，上水关圈口尚刻有"嘉定十年建康都统司创建"字样。

2016 年 4 月，在上水关修缮施工中，发现中孔面东圈口正上方 80 厘米处，有砖刻"嘉定十年郡守□节制"（"制"后字砖脱落数块）字样，为一砖一字；北孔面东圈口正上方 80 厘米处，有砖刻"洪武拾陆年守御滁州千户李武毅提调修砌上水门"字样，为一砖两字，保存完整。

上水关全长22米，宽11.9米，高及水面10米；三孔，拱圆半径略等，大条石为底座，拱孔之上尽为砖砌。1978年，有居民在关上两端建筑民房，中段空地也被居民辟为菜园。2004年10月，上水关被安徽省人民政府公布为省级文物保护单位。

近年来，滁州市政府全面整治内城河沿岸周边环境，同时对内城河上的关与桥进行分期修缮，征迁了关上和附近民居，铺筑休闲步道，遍栽绿植草坪，如今面貌焕然一新，伫立河畔东西相望，雄关矗立，古意绵绵……

上水关

下水关

2 下水关

下水关位于滁城环城路北端，自北向南跨越内城河贯城东流之水，其建筑规制与上水关基本相同，始建于明洪武十六年（1383年），清代末年尚有“洪武十六年御滁州千户所圈砌”字样。嘉靖十三年（1534年），与修上水关同样的原因，州守赵大纲又修了下水关，同时增置铁栅，设轱辘桩石以为启闭。明人胡松撰《重葺上下水关记》云：“下关隙地，多萑苻，又距民舍远，颇难于防，乃召旁居民占焉，令其葺庐种树，以为关屏卫。”

下水关居古城原化日门与环滁门之间，全长22米，宽11.9米，高及水面约7米；三孔，中孔较大，大石底座，以长110厘米、宽60厘米的弧形大石为拱，拱孔之上亦多为大石砌成。

1934年毁去城墙，以关为桥，辟为公路，悬圈口洪武年间的铭文亦被毁。

2004年10月，下水关被安徽省人民政府公布为省级文物保护单位。

3 广惠桥

广惠桥，古名弘济桥、赤阑桥，本地俗称西桥，在今滁城四牌楼街与鼓楼街交接处，自西向东跨越内城河。据传，此桥初建于东晋，有案可稽的始建时间是唐永徽年间（650—655 年），岁久而圮。明正德十六年（1521 年），江西宁王朱宸濠叛乱，王守仁领军前往弹压，途经广惠桥，州守见时间紧急，遂以木架桥让

广惠桥

明军通过。到明嘉靖二十九年（1550 年），历时三十年，木朽桥毁。是年，豫章人熊琦来领州事，进士胡松及乡宿朱勋等与之议，共谋捐建。州守熊琦迁刑部员外郎，鄞县人张子韬继任，继续捐建成功，于 1551 年秋将木桥改建为石桥。胡松时作《新建广惠桥记》勒于碑。此碑后坠入水中。

该桥为三孔条石拱桥，中孔跨径 8 米，两边孔跨径 6.3 米。大石条底座，各孔以弧形大石为拱。桥长 33 米，两端宽 9.8 米，顶宽 3 米。每孔圆拱顶端两面各有形态各异的兽首浮雕一个，六个浮雕刻画生动、栩栩如生。

广惠桥保持着明代风貌，至今保存完好。2004 年 10 月，广惠桥被安徽省人民政府公布为省级文物保护单位。

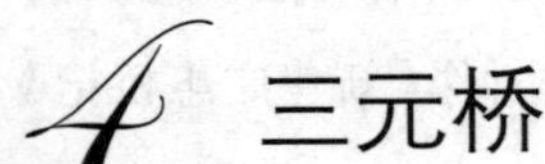

4 三元桥

三元桥，即今文德桥，位于滁城文德街与育新北巷连接处，自北向南横跨内城河。明万历四十二年（1614 年）《滁阳志》卷三《封域·桥梁》载：“三元桥，在学宫东，万历壬辰知州丁士奇建。”因桥北侧于明万历元年 (1573 年) 建有三元宫，故建桥时命名为三元桥。

关于三元宫，明万历《滁阳志》解释为：“三元宫在文庙东。万历元年，堪舆家有言‘学宫左方空缺不利’者，遂创，以补风水。”所谓三元，旧称乡试、会试、殿试第一名为解元、会元、状元，

三元桥

1951 年的文德桥与文峰塔

合称“三元”。从明万历《滁阳志》第一卷“城市图”与清光绪《滁州志》第一卷“州城图”对比可知，三元桥自明万历壬辰年（1592年）始建，到清光绪年间，该桥一直被称作“三元桥”。

清乾隆十三年（1748 年）重修三元桥，初为三孔条石拱桥。至民国初年，桥拱毁损。民国十八年（1929 年），滁县县长（湘人）徐霈南倡导重修，里人乐助，改拱桥为三孔立墩平桥，新式钢筋砼结构；同时建筑护栏，桥两端还筑有钢筋混凝土牌坊，南北分别有黄淮臣题额“俯鉴清流”“仰观丰岭”。考虑到三元宫已不复存在，此桥地处文庙与文峰塔之间，遂易名为“文德桥”。1966年“文革”内乱，文峰塔被毁，文德桥题额及县长名款亦遭凿除，桥眉圆雕改镌五星，文德桥一度更名为“东风桥”。现桥长 27 米，桥面宽 3.65 米，中跨 8 米，两跨各 5 米，为钢筋混凝土矩形梁。

三元桥的拱券及桥面虽不复旧制，但其三个桥墩及基础部分仍保留着明清时的风格。2006 年 4 月 27 日，三元桥被滁州市人民政府公布为第二批市级文物保护单位。因历年洪涝灾害，桥墩开裂，桥面毁损，2019 年春，市政府拨款 40 万元予以维修加固，并原样恢复两端牌坊题额，古桥焕发新颜。

5 孟公坝

孟公坝，坐落于滁城环城路北端东阳桥北侧，为下水关下游40米的拦水坝。始建于明代，清代以来屡圮屡修。坝长30米，顶宽2米，坝顶高及下游水面约3米。建设孟公坝的目的，清光绪《滁州志》卷三《重修孟公坝叙》云："建坝聚水，一以固守城关，一以培蓄学宫风水。"

孟公坝的得名，与乡贤孟两峰有关。清光绪《滁州志》录明崇祯进士、滁州人金拱敬《重修孟公坝记》："坝之作，不详其始，或曰郡人孟两峰先生造，或曰有城以来即有此坝，惟先生修之，今呼为孟公坝云。"

孟津，生卒年不详，明直隶滁州人，字伯通，号两峰。少时与伯兄孟源师事王阳明先生。敦尚气节，嘉靖二十二年癸卯（1543年）举于乡，授温县尹，寻调黄冈，有声望，升宝庆府同知。清道光《宝庆府志》谓其"古貌古心，实德实政"。致仕后归滁，以冲澹自处，阐阳明先生良知之学。

孟津热爱家乡，对滁山风物多有吟咏，诸如《琅琊山居漫兴》《秋日陆五台先生招游琅琊寺》《春日游琅琊晚归赋》《奉陪李

孟公坝

陆二太仆游白云庵》等，乡情殷殷，为后人传颂。

1936 年 4 月 5 日，翻译家盛成、郑坚夫妇和徐悲鸿、方令孺、郑红羽一行五人专程从南京过江，于浦口乘火车作琅琊山二日游，方令孺教授归后作《琅琊山游记》长文，对于滁州风物多有记述，其中就有“滁州城内中心桥傅同兴酒馆所烧的孟公坝黑尾金鳞的大鲫鱼，其味鲜美无比”的描述。此孟公坝鲫鱼，名“金丝鲫鱼”，又叫“滁州鲫”，曾为朝廷贡品，属滁州地方特产，旧志载：“明初曾贡鲫，万历间免。今城壕所产，犹以为珍味。”《滁州古今》曾描述滁州鲫“肉肥厚细嫩，味甘香醇，乌背金鳞，银光闪闪”。

6 五川桥

五川桥，俗称五孔桥，古名清流桥，唐代以后称滁和桥，位于滁城遵阳街铁路桥以东，自西向东跨越清流河，旧属六合县路，是通往扬州一带的重要通道。宋元时屡圮屡修，明永乐十四年（1416年）重修时改名永乐桥。宋人刘得恕，明人陈琏、石玺皆有记。清康熙十年（1671年）二月，郡人金铎倡议捐款重修该桥，至1937年，五川桥基本保存完好。

五川桥原为五孔石拱桥，抗日战争时期炸毁三孔，今存首尾二孔，跨径各为3米。新中国成立后，断桥重建，旧存二孔仍按原貌，其余改为钢筋水泥结构。现在的五川桥全长85米，宽5.6米，分为东西两部分，东半为钢筋水泥矩形梁，四个支架；西半两端为旧时拱孔，中间为一梯形墩，上铺钢筋水泥矩形梁。2017年6月29日，五川桥被滁州市人民政府公布为第五批市级文物保护单位。

清初，随着滁城人口增多，城市向东扩建，开始越过大东门和下水关，老东关在这一时期形成街市，五川桥一带渐成景点。清康熙十二年（1673年）修《滁州志》，州守命郡庠生陈伟烈“更图于首”。陈伟烈在明代尹梦璧“滁州十二景”的基础上，去掉“重

五川桥

熙洞天”和“谯楼大观”，加上“凤阁朝曦”“东郊桃浪”二景，形成新的“滁州十二景”。其中，陈伟烈在“东郊桃浪”图中题字：“东郭河流如带，乃西北河流之所汇也。桃始华时，积雨涨为泽国。惟惜其盈之易，而逝者疾耳。”根据图中示意，“东郊桃浪”景区就位于五川桥以西一带。

五川桥也是滁城水路运输的终点站。清光绪壬寅年（1902年），薛时雨的学生陈作霖曾撰散文《游滁记》（《续修四库全书·集部·可园文存》卷九），记述了作者受邀自江宁府水西门登舟，入清流河抵滁城的往返经历。民国时期，东关“胡泰森”商号的木材、中心街“江源泰”商号的瓷器，都是从由长江进入清流河，水路运抵滁城。民国《滁县乡土志》载：“县境诸水以滁河、清流河为最著，下流均可通舟楫。春夏水涨，江船由六合之张家堡入清流河，可直抵东关五拱桥下；水稍退，则仅能抵头坝一棵松等处。秋深及冬令，水涸仅可通驳船至东关五拱桥。以上则经年不通舟楫。”

7 吴棠故居

吴棠是晚清封疆大吏，曾与曾国藩、李鸿章、左宗棠并称四大名督。吴棠及其家族在滁寓所共有四处：一处是西公馆，名为“瞻丰草堂”，位于西大街75号，共有七进；一处是约园，位于西门外三孤堆，1958年新建城西水库时淹没于库区；一处是北公馆，位于北大街25号。瞻丰草堂和北公馆皆始建于同治三年（1864年）四月，解放后因拆迁改造，不复存在。现在的吴棠故居，是得以保存下来的南公馆，始建于同治八年。时任四川总督的吴棠处处受到满人、成都将军崇实掣肘，遂写信委托次女吴金蕙与其夫杨士燮，帮助在滁城营建归隐之所。现址位于南谯北路64–72号，古称中心桥街，属于老城区中心地段，东面临街，西至金刚巷，北至盐局巷，南至人民电影院（含本身），是一个长方形的建筑群。

南公馆最初规模较大，号称“百间房”，是吴棠与直系亲属居住的地方。长子吴炳采早逝，其妻王氏与女儿住南公馆；次子吴炳祥之子吴公望、吴公武住南公馆；三子吴炳和之子吴增诃夫妇与吴炳和孙吴绍彬住南公馆。

南公馆历经磨难。抗战爆发后，大门口的院子被加顶盖成大礼堂，成为日伪戏院。1952 年改为国营人民电影院，翻盖了放映大厅，拆去大门口院子和客厅。1953 年，新华书店进驻，临街改作门市部，后面作库房和职工宿舍。1972 年和 1985 年，原宽 4 米的中心街两次拓宽至 24 米，南公馆临街房屋被扩路拆除。20 世纪 90 年代末期，临街的房子再次拆除改建楼房，剩余的房屋基本保持晚清格局。2003 年，全国政协文史委启动名人故居查找工作，次年，琅琊区政协在实地调查中发现吴棠故居。2006 年 4 月 27 日，故居被滁州市人民政府公布为市级文物保护单位。2017 年 6 月启动故居修缮与复建工程，占地面积 1352.9 平方米，建筑面积 960 平方米。

吴棠（1813—1876），字棣华，号春亭，又号仲宣（仙）。盱眙三界（今属明光市）人。先世于明代中叶“由徽迁滁，始卜

吴棠故居

居于滁定盱之三界市”，世代以耕读相守。吴棠幼勤学，艰苦自力，家境贫寒，常借雪光明月看书。弱冠进学，于道光十五年（1835 年）江南乡试中举。五次赴京会试均落榜。道光二十四年以举人大挑一等为知县，先后知南河、砀山、桃源县事。

咸丰元年（1851 年）调清河县。不久，丰口决堤，调任代理水患严重的邳州知州。咸丰三年，南河道总督杨以增奏保吴棠，筑长江河堤勤劳出力，擢升为直隶州同知。六月，棠母去世，回乡服丧。时值太平军攻克扬州，吴棠服丧后回任清河，举办团练，修筑圩寨，以防太平军北进。曾得咸丰帝嘉许：“知清河县吴棠团练乡勇，甚得民心，若令带勇，必甚得力。”

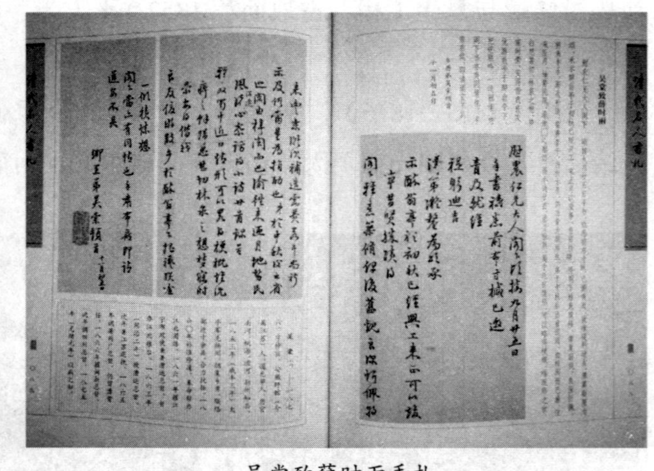

吴棠致薛时雨手札

咸丰四年，太常寺少卿王茂荫上疏推荐吴棠，南河道总督杨以增考察，遂以同知直隶州即补。咸丰六年，丁父忧守制，在籍办团练，镇压过境内的棚民起义，以及对捻军作战，以军功而升迁，由知府至道员，遇缺即补。

咸丰九年三月，回清河。翌年补授淮徐道，帮办江北团练。咸丰十一年（1861 年），升任江宁布政使，兼署漕运总督，督办江北粮台，节制江北镇道以下文武各官。受印次日为除夕，他即到清江漕督任所。他建石城为县治，筑运河东西两圩为犄角，复建书院，恢复运河粮运，垦荒屯田充饷。他的任务主要是对捻军作战，间亦派军镇压山东的幅军和白莲教起义。

同治五年（1866 年），吴棠调补闽浙总督。一年多后，调任四川总督兼署成都将军。在任八年，兴建书院，整顿吏治，镇压川黔边境苗民起义。云贵总督刘岳昭曾疏劾吴棠："眷属抵川时夫役三千人，仆从需索门包，属员致送规礼。"清廷命湖广总督李鸿章驰往确查。李复奏"均无此事"，并说是"川省官场颇尚钻营，吴棠履任后遇事整顿，以致贪污猾吏造言腾谤"。

同治十一年十一月，吴棠曾以病奏请开缺，不允，给假两月调养。时过两年，病笃，于光绪元年（1875 年）十一月复请开缺，乃获允准。吴棠抱病归里，取道秦豫，自徐而淮。归后九日，于光绪二年闰五月病逝，葬于沙河集东圩龙山，谥号勤惠。著有奏稿 10 卷。有《望三益斋诗文集》刊行于世。

8 章益故居

章益故居坐落于滁城东后街45号，面街，坐北朝南，东邻中心街百步，西临北大街。故居建造于19世纪末20世纪初，是一座封闭的四进院落，嗷雁楼、耕砚楼、尺牍堂等建筑分布其间；房屋均为砖瓦木架结构，其中三进主建筑为五开间二层小楼，建筑风格、装饰情调颇具特色，堪称晚清江淮典型民宅。2017年6月，启动故居修缮与复建工程，占地面积2956.7平方米，建筑面积1709平方米。

章益（1901—1986），字友三，1901年5月出生于安徽滁县书香世家。1915年考入上海圣约翰大学附中。1922年毕业于上海复旦大学，成绩列当年文科毕业生第二名，获金质奖章，留校任附中教员。1924年，赴美国华盛顿大学攻读教育学和心理学，1926年获硕士学位。1927年9月回国，历任复旦大学文科教授兼预科主任、安徽大学文学院院长、复旦大学文学院教授兼教育系主任，期间还兼任上海劳动大学教授、教育系主任。“九一八”事变后，曾参加上海各界师生组织的请愿团赴南京请愿，要求抗日。1936年任复旦大学教务长。1938年任国民政府教育部总务司司长，后改任中等教育司司长。1943 年 2 月至 1949 年 5 月任国立复旦大学校长。淮海战役后，他顶住国民党的威逼利诱，拒绝南迁，保护学校，迎候解放，将一个完整的复旦大学交给人民。因抵制迁校和拒赴台湾，章益被开除国民党党籍，并遭通缉。

解放后，章益任复旦大学校务委员、外文系教授，把主要精力投入到著书立说和培养青年学生上。1952 年起历任山东师范学院、山东师范大学心理学教授。1984 年退休，1986 年病逝。曾任民革中央顾问委员会委员，民革山东省委常委，政协山东省第一、第四、第五届常委，山东省心理学会名誉会长等职。

章益一生致力于心理学和教育学方面的研究，主要心理学论著有：《社会心理学》《心理学讲话》《新行为主义学习论》《批判地吸取西方心理学的成果和经验》《略论冯特创建心理实验室以来的研究方法》《心理学的回顾与前瞻》《赫尔心理学述评》等。他在教育理论研究方面的见解具有鲜明的时代针对性，曾产生过重大社会影响，主要教育学论著有：《教育与国家》《教育与社会》《教育与文化》《教育与

1949 年上海解放，章益（右）陪同军代表接收复旦大学

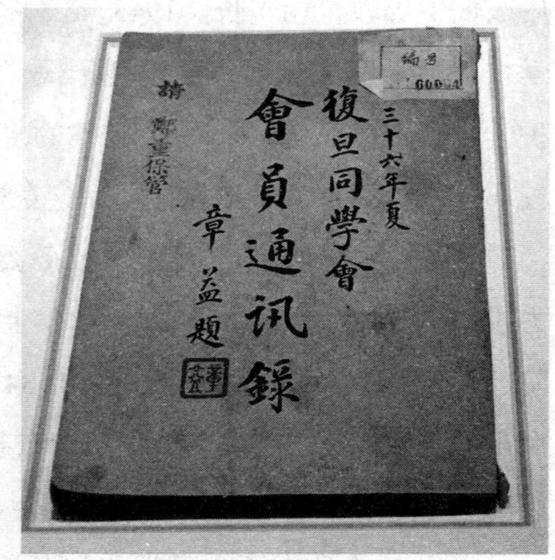

章益题签的复旦通讯录

法律》《中国的教育思想及其制度》《教育名著选读》《从高等教育任务论通才与专才》等。

章益精通英文，粗通俄文、法文，在致力于心理学、教育学研究的同时，还涉猎外国文学的研究，曾发表《劳伦斯著〈查太莱爵士夫人的恋人〉的研究》等论文，并翻译出版莎士比亚的《亨利六世》剧本上、中、下集，司各特的《艾凡赫》等。

9 滁州中学“凹”字楼

滁州中学“凹”字楼，系民国安徽省立第九师范学校教学楼旧址，位于琅琊区西门街道古楼街西端北侧，原滁州中学院内。为老同盟会会员汪树德先生（前海协会会长汪道涵之父）于中华民国十一年（1922年）八月所建。坐南朝北，砖混结构，楼呈凹字形，两层，木栏杆，木地板，面阔十一间100米，进深30米。楼墙面有花岗岩奠基石一块，其上阴刻“安徽省第九师范学校凹字楼立础纪念，中华民国十一年八月，汪树德立、汪肇庆题”字样。2012年4月19日，滁州中学“凹”字楼被滁州市人民政府公布为第四批市级文物保护单位。

滁州中学“凹”字楼建成以来历经风雨，几易其名。1923年因师范经费被军阀侵占，学校被迫改名为“安徽省第十一中学”。1930年军阀混战结束，十一中复校，旋易名为“安徽省立八中”，1936年更名为“安徽省立滁州中学”。1937年底滁县沦陷，学校遂成为日军、警、特、宪的指挥机关，一度关押抗日志士，校产被洗劫。直到抗战结束，学校才得以回迁。1972年改为“安徽省滁县第一中学”，1982年再度改名为“安徽省滁州中学”并沿用至今。“凹”字楼是滁州中学发展史的一个见证。

“凹”字楼建造人汪树德（1878—1963），字雨湘，嘉山县（今明光市）明光镇人。21 岁参加清朝最后一届童试，入泮为秀才。不久由滁州熊鞠生介绍保送去日本留学，入明治大学经纬学堂附设安徽速成师范班，旋经四川籍同学李誉龙介绍加入同盟会。回国后考入南京两江优级师范学堂，毕业后相继担任宿州志成师范、长沙楚怡初等学校教员、明光缉熙小学堂长。辛亥革命爆发，汪雨湘前往安徽著名革命党人柏文蔚处，被委任为秘书。安徽旅宁教育会成立，他担任评议部长，并当选为赴北京出席第一届全国教育会议代表。1921 年秋，调任滁县省立第九师范校长，不久调任安徽省教育厅督学。此后，汪雨湘与三界地方士绅邵艺五等积极提出呈文请求设县，1932 年 11 月嘉山正式设县，县治所在地三界。为编纂嘉山县志，他与省通志馆取得联系，查阅馆藏历史

凹字楼一角

原省立第九师范校门

资料，历经数年完成《嘉山县志手稿》十八卷。抗战爆发，汪雨湘在长子汪道涵的进步影响下，带领全家及亲友共20人前往延安。1941年汪雨湘当选延安市参议员，随即又当选延安市政府委员。1948年跟随中央机关转移河北省平山县西柏坡，经安子文和张曙介绍加入中国共产党。

新中国成立后，已72岁高龄的汪雨湘仍要求中央派他到华东地区工作，悉心研究水利和农业，收集黄河、淮河水利资料，提出许多建议。1959年，汪雨湘将他带到延安保存多年的《嘉山县志手稿》转交给嘉山县人民政府。

10 明城墙

隋开皇三年（583 年），滁州建立。为加固防守，唐朝初期建筑城垣以保安宁。有关滁州州城格局，历代方志均作介绍，各有侧重。考其州城变化历史，粗略来说，大致经历了三个阶段。

第一个阶段是唐永徽以前。康熙版《滁州志》收录的唐代州城图，城市格局狭小，罗城（外城）东至弘济桥，置东门曰临清门；南至龚家园，置南门曰丰泰门。城周长三里三百二十步，上阔四步，下阔六步，高一丈七尺。罗城之内有子城（内城）用以保护州衙安全，唐高祖武德三年（620 年）修筑，周长一里一百六十二步，上阔三步，下阔五步，高一丈五尺。

唐元和进士、著名"悯农诗人"李绅于大和二年（828 年）出任滁州刺史，曾作《守滁阳深秋忆登琅琊城望琅琊》一诗："山城小阁临青嶂，红树莲宫接薜萝。斜日半岩开古殿，野烟浮水掩轻波。菊迎秋节西风急，雁引砧声北思多。深夜独吟还不寐，坐看凝露满庭荷。"琅琊城，即是对唐滁州古城罗城的称谓，相当于今日滁城鼓楼街一带。这首诗，也是历史上第一首吟咏滁州古城的诗歌。

清咸丰八年（1858年），太平军将领李昭寿由金陵（今南京）入滁驻防，同年九月降清，踞滁六载，子城尽毁。

第二个阶段是宋嘉定以前。唐永徽年间，在对罗城进行全面修整的同时，建弘济桥（即今广惠桥），城市发展空间开始向东北方向拓展，出临清门，经龙兴寺（今市第一小学东侧），东抵真武观（今市第四中学），北抵官沟洞（原军分区北侧），南至大圣寺塔（今南大桥北侧）。明万历《滁阳志》载，宋建隆二年（961年），开始在东北一带筑城，“周回七里，二百五十八步”，“真武观街城有砌址”。至北宋庆历五年（1045年）欧阳修贬滁时，城垣大多倒塌，欧阳修上任翌年即奏请皇上批准，对原城墙进行整修加固，动用民工60090人，耗大米1300石。经一冬一春，于第二年四月竣工。

南宋嘉定城砖

从2018年3月发现的滁州四中东侧城墙，以及出土城砖“滁州嘉定四年”和“滁州嘉定八年”来看，滁州东北一带城墙应修筑于宋建隆至嘉定年间。同期，于嘉定十年（1217年）

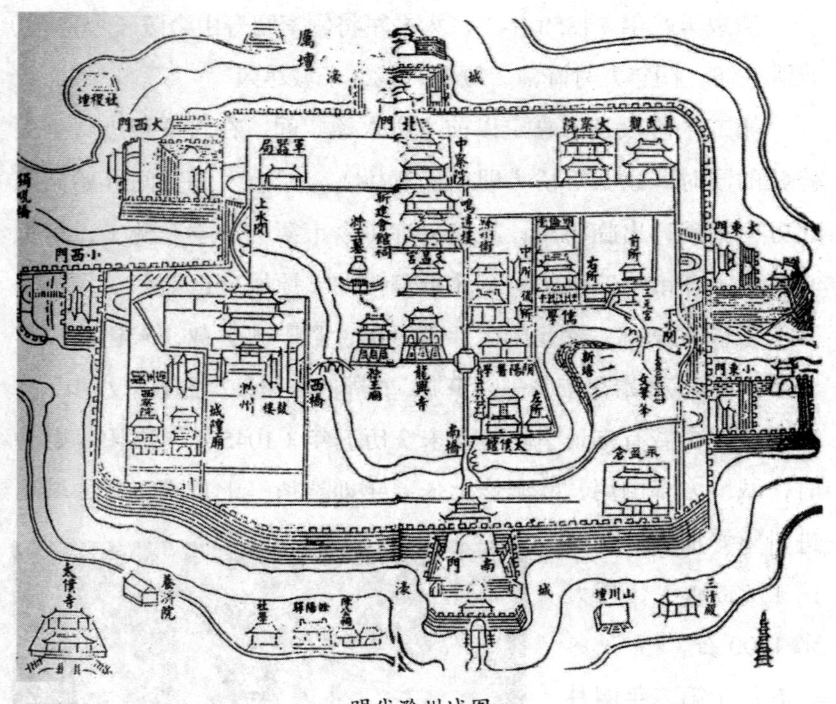

明代滁州城图

建上水关。宋代城门有五：南曰济江门，东曰通淮门，北曰望泗门，西曰朝天门，西南龚家园处原“丰泰门”改为“丰乐门”。嘉泰三年（1203 年），滁州通判吴英重建五城门，又改“济江门”为“练江门”。直到元代郭子兴踞滁时，城市格局没有变化。

第三个阶段是明洪武年间，城市进一步向东南拓展，筑城西起谢家湾，东到永盈仓（今市委南苑），并于洪武十六年（1383 年）增筑下水关。拓展后罗城周长九里十八步（4265 米），面积 1.7 平方公里，同时开挖护城河。明代城门有六：东曰化日门，小东门曰环漪门，西曰永丰门，小西门曰观德门，南曰江淮保障门，北曰拱极门。明万历十七年（1589年），知州丁士奇建月城6座，城门横90度向右开，用以保护主城门，平时派军士驻守月城。

滁州古城亦为古清流县治，从隋开皇十八年（598年）设立清流县至明永乐年间，经历八百年历史。清代滁州举人米倬，官福建上元县知县时，时常惦记家乡，有《清流县》一诗云："莫陋清流县，襟山更带溪。千门团邑小，一水俯城低。井里安耕凿，邻疆震鼓鼙。乡心撩又起，西涧记听鹂。"

清代以来，滁州城池、门楼、水关，全部沿袭明代建制。只是由于地震、洪水等气象灾害，分别于顺治十五年（1658年）、康熙七年（1668年）、康熙九年、康熙二十二年（1683年）做过四次不同程度的整修。

目前滁城保存最完整的城墙，为环城路一段明城墙。2004年2月14日，明城墙及护城河遗址被滁州市人民政府公布为第二批市级文物保护单位。

11 赤湖铺桥

赤湖铺桥位于琅琊区西涧办事处城西村赤湖铺庄东侧。清光绪年间熊祖诒纂《滁州志》记载：“赤湖铺桥在州西十五里。”系明代建筑，是京京古驿道上的重要桥梁，气势雄伟。桥一孔，拱形，双层砖拱，青石条桥面，跨度 10 米，全长 60 米，端宽 18 米，顶宽 13.3 米，高 18 米，至今保存基本完好，桥面石条上有相距 1.7 米、深 1.5 厘米的车辙。

野渡场景

赤湖铺桥下之水名为石濑涧，源出花山北麓，经九莲峰，蚂蚁山南，过官庄东仙桥入赤湖铺，因水激石涧而形成的急流，如溅飞之琼珠，被奉为奇观，旧为“滁州十二景”之一，

赤湖铺桥

名“石濑飞琼”。清康熙《滁州志》卷五载：“石濑涧在赤湖铺之北，石生水底，嵯峨突兀，连亘数十丈。水流其间，萦纡回复。每春夏泛涨，水石相激，澎湃有声，波澜眩转，观者忘倦，为州之异景。”明嘉靖进士章焕赋诗《石濑飞琼》有云：“崩崖千尺溅轻雷，倒接银河天上来。片片琼花飞玉液，满空晴雪舞瑶台。”

明天启元年（1621 年），浙江湖州人尹梦璧（号楚玉）由贡士出任滁州判官，曾勒醉翁亭老梅及“滁州十二景”于石，其中“石濑飞琼”一图配诗曰：“迢迢赤湖深，泠泠下岩谷。聚作潺湲声，九天喷白玉。怪石如蹲彪，摩牙尚潜伏。浪花千尺飞，奔雷撼地轴。既洗听者耳，复豁观者目。予心矢如冰，平生澹何欲？唾之非咄泉，聊以祛吾俗。何时化灵雨，润彼千亩绿。”

1958 年，修筑城西水库（今西涧湖），石濑涧景被淹没，今桥之所跨即为水库上游。桥侧原有飞泉胜概亭，早废。2012 年 4 月 19 日，赤湖铺桥被滁州市人民政府公布为第四批市级文物保护单位。

12 官庄桥

官庄桥，系明代建筑，清朝以前人称东仙桥。当地俗称十五里大桥。位于琅琊区西涧办事处官庄村，与前篇所述赤湖铺桥一样，南北横跨于石濑涧，东为大树底庄，西为桥头埂庄，在旧马鞍山古道（今县道滁梁路）上，距城西 7.5 公里，是早年滁州通往西部山区的重要津梁。

官庄桥

官庄桥为石拱桥，全长 28 米，高 7 米，底宽 9 米，高宽 7 米，单拱，跨度为 8.4 米。桥面原为条石和石板铺筑，1985 年 12 月滁州市（县级）第一次文物普查时，发现顶部石板被人为撬去数块，已年久失修。近年来，为方便交通，桥面改为水泥路，新筑了栏杆。

清光绪年间熊祖诒所纂《滁州志》载："官庄桥，去州西十五里，见石玺记，一曰仙桥。"老百姓习惯称此桥为"公桥"，称下游附近的赤湖铺桥为"母桥"。

2012 年 4 月 19 日，官庄桥被滁州市人民政府公布为第四批市级文物保护单位。

13 乌衣浮桥

乌衣浮桥，位于乌衣老街中段，自西南向东北跨越清流河，始建于清康熙乙亥年（1695年），是联系来安、滁州和江浦的重要通道。浮桥屡坏屡修，从最初的铁索排木，到后来的绳索跳板，材质不断变更，直至1998年8月乌衣大桥建成后拆除浮桥。2017年6月29日，乌衣浮桥遗址被滁州市人民政府公布为第五批市级文物保护单位。

清光绪《滁州志》载有康熙年间乌衣人罗畅撰写的《乌衣浮桥街道文楼碑文》："乙亥之夏六月，河干有溺死者。隐君朱朴仙，名灿，运昌公裔孙也，目击心伤，大呼俦类倡造浮桥，利涉南北。"记载了建设乌衣浮桥的

乌衣浮桥

领头人是民间道士朱朴仙。“朱子旋里，值春水暴涨，亲见渡舟覆溺，遂兴恻隐之心，于是复渡金陵，谋之司农及诸僚友，各募多金，以成善举。”指出浮桥的一个重要出资人是江南司农曹公（曹寅，曹雪芹祖父）。

浮桥双碑

桥对岸河北小街55号，有乌衣浮桥双碑。一块为清乾隆乙未年（1775年）《重建浮桥功德碑记》，一块为清嘉庆十九年（1814年）《重修浮桥碑记》，各长1.5米、宽0.87米，记载了乌衣浮桥自清康熙乙亥年（1695年）始建以来数次募资修建的经过。双碑历经风雨剥蚀，依然保存完好。

附：

重修浮桥碑记

浮桥之建，始于康熙乙亥年朱子朴仙者。朱子设教于河北之开化观，适江南司农曹公泊舟河下，闻其吟诵之声，慕而见之，得晤朱子，与语甚洽，遂订交焉，且延为西宾。朱子既为曹公西宾，一时缙绅先生交以道、接以礼者，当不乏人。及朱子旋里，值春水暴涨，亲见渡舟覆溺，遂兴恻隐之心。于是复渡金陵，谋之司农及诸僚友，各募多金，以成善举。是则朱子得遇曹公而能建此桥者，桥之幸也，亦即朱子之幸也；非独朱子之幸，实天惠我邑人利涉无穷之幸也。当其时，虹垂渡口，鼍架河干，既无灭顶之凶，宁有望洋之叹？朱子之德岂浅鲜哉？

奈历年渐久，践踏摧残，朴仙之孙名华载者继志述事，又恐独立难支，谋之亲友堪分办者，为之补葺而重修之。而桥得以仍其旧者，则魏子秀卿、张子孔彰诸同事之力也。迨至乾隆三十三年大旱以后，桥之损坏不可胜言。三十八年，又赖伍子宪周、姚子恺先暨张子东晓、姚子金升、冯子林宗、魏子熊占诸君分头募焉，复为焕然一新。所有余资，置产生息。嗣是经营田房，筹划岁修，则骆子振先、魏子鲁男等之功居多矣。奈时既迁移，物价昂贵，岁多荒歉，租利不敷，桥船损烂，板跳伤残。魏子鲁男将赴修文之召，柬邀大河南北客店居民，谋之重修之计。而岂知从善如登，后先一辙，一经推让，议定章程，不惟输金乐助，亦且代理勤劳。我等由是复募乡镇之家，勷成其事，自春徂冬，几于一载，工食材料费及千金。因虑岁修不足，补葺维艰，虽今兹之竣事，未必不为异日之凋残，安必其后之视今，亦犹今之视昔。是又啇之客店诸君，每年量为捐助；再于河北圃人靛烟二季桥口铺户，河北居人粮食过载，各拈厘助，用备荒旱，以补岁修，庶几集腋成裘，众擎易举。而重斯事者，轮流管值，尤必尽心竭力，无怠无荒，去私秉公，策成虑败。俾我邑人永食其福者，是即朱子朴仙之徒也，安得不于后之来者有厚望焉。

大清嘉庆拾玖年闰贰月中浣之吉，浮桥董事（名单略）敬立。

（裘新江校点）

14 金宫桥

据1992年5月出版的《滁州市民族宗教志》记载，明万历十六年（1588年），乌衣镇建道观“金容宫”，时任滁州知州丁士奇为之题额。地名由此沿袭至今。

金宫桥因毗邻金容宫而得名，当地人呼“麦子桥”，位于乌衣老街东南一公里。桥宽1.8米，跨度6.6米，三个桥墩系用27个一米高的石柱垒砌，桥面为青石板铺筑。据专家介绍，金宫桥属于明代建筑，这种特殊的营造形式在皖东地区目前仅存此一例。

金宫桥

15 龙蟠寺

在琅琊山南麓与腰铺镇龙尾山之间，有座龙蟠寺，周围山峦夹峙，岩石耸立，林木茂密，野花繁盛，古称“龙蟠叠翠”，为“滁州十二景”之一。明天启元年（1621年），浙江湖州人尹梦璧（号楚玉）由贡士出任滁州判官，公事之余遍历郡邑山川，并将“滁州十二景”绘制成图画，配以诗文，勒于石碑，镶嵌在丰乐亭院内保丰堂的内壁，每块石碑分刻两幅诗画，其中“龙蟠叠翠”一景题字云：“势若蟠龙，蜿蜒周匝，中怀珠山，形象取焉。古刹毁而再建，石洞掩映，乔柯形胜，推此为奇。”

尹诗曰：

琅琊南望郁嵯峨，山似惊虬转顾多。
积翠远从天上出，飞泉暗入井中过。
洞门月偃千秋桂，石壁风蟠百尺萝。
久厌尘寰思习静，老僧先已入云阿。

清光绪《滁州志》载，龙蟠广福寺即寿圣寺，在州城南8.5公里。宋元祐丁卯年（1087 年）滁州刺史陈因请法师为主。南宋龙兴二年（1164 年）毁于金兵。淳熙十一年（1185 年）僧正祥复建。后毁。宋代滁州知州曾肇撰《龙蟠山寿圣寺记》有云："道人吴广，传禅学者也，始居滁州龙蟠山之寿圣寺，无僧庐而无佛殿，乃与其徒归式。元祐，希受、绍安并力营之，八年而成，极土木之丽。又前为重门，后为堂寝，以谨启闭，以备宾燕"，"丹碧炫炫，费钱千万。"1985 年 12 月，原滁州市（县级）文物普查人员实地踏查旧址，自南向北，屋基为 5 层，共进深 130 米，东西宽 80 米，直径 60 厘米的楹底石墩十多个。

龙蟠寺南侧有灵芝井，深 17 米，宋人张希尹开凿于 1088 年，因地产灵芝而名，曾日供数百人饮用。明末清初诗人萧琯《灵芝井》诗云："何日灵芝茁井边，一潭碧练自涓涓。空中设危休参破，身在云花不二天。"清光绪《滁州志》载："灵芝井在龙蟠寺山门内。按,元祐二年郑彝行撰寺记云,先有禽巢于庭柏,灵芝三,秀于庭下。明年，太守请广熙嗣法诚禅师主之，四方学士云集，每岁度夏百众；时方旱涸，即产芝地为井，驾部张君之孙尹凿磐石五十尺，仰泉涌出，充足众食，号曰灵芝井。"民国年间《琅琊山志》载："灵芝井以芝尝产此，故名灵芝井，在琅琊山之南。"此井尚在，周遭荆棘蒿草，泥石淤塞至井口。

龙蟠寺西侧有偃月洞。明万历《滁阳志》载："偃月洞在龙蟠山法堂西，宋刺史曾肇题名其上。"清光绪《滁州志》载："偃月洞，在龙蟠山法堂西。"洞周围摩崖石刻甚多，因风雨剥蚀，多不可辨。其中有北宋绍圣四年（1097 年）滁州知州曾肇题刻诗，行书，摩崖面积 2×2 米，可辨者仅有九字。另有宽 40 厘米、

张大郢村民捐献宋代石雕

高 50 厘米摩崖石刻，上书“蔡延庆、韦骧、沈铢，元丰庚申孟夏十七日游”。因藏洞壁，少经雨淋日晒，字迹清晰。此外，保存完好的尚有南宋滁州知州魏安行摩崖石刻，颜体楷书，百四十字。《滁阳志》载：“魏安行，乐平人，绍兴十九年（1149 年）以张浚荐知州事，罹兵燹，坛庙皆毁无遗，安行从草莽中得碑，依政和法式立焉。招民垦田，人赖之。”魏安行在滁任期，大力劝民农桑，发展生产，使战乱后的滁州经济迅速得以恢复，呈现出一派升平景象。

宋魏安行摩崖石刻

16 普贤庵

普贤庵，坐落在南谯区施集镇施集社区境内，西距滁城 12 公里，位于花山北麓，居刘氏洼与喉咙洼之间，占地三亩。明万历《滁阳志》载："普贤庵，在州西三十里。"清光绪《滁州志》载："普贤庵，在州西二十五里施家集。宋天圣丁酉建。"此处"天圣丁酉"记载有误，宋天圣年间无"丁酉"纪年，实为天圣丁卯年，即公元 1027 年。

普贤庵始建迄今，历经兴废。最后一次毁灭性破坏是在民国初年，军阀混战，民不聊生，西山土匪应运而生，深山密林中的普贤庵便成了匪窝据点。当地政府多次围剿，怎奈骁将悍兵，屡剿不尽，一怒之下，焚烧了普贤庵，留下一堆残垣断壁。庵前两尊石虎幸存，"文革"中遭施集中学红卫兵打砸毁损。

庵东侧"冻骨泉"为皖东第一泉，开掘于北宋天圣丁卯年（1027 年），比欧阳修贬滁次年命名的让泉、幽谷泉（又名紫薇泉）尚早 19 年。与孙岗村之"葡萄泉"，并称施集姊妹泉。千年以来，该泉保存完好，夏季水凉砭骨，寒可为霜，故名"冻骨泉"，往游者无不称奇。附近板锹李村的村民和茶场工人，多年来皆饮食

冻骨泉

此泉。泉上有池，长 2.2 米，宽 1.8 米，深 1 米，上方水池为直接饮用水，下方水池为生活用水。泉水清莹碧透，永旱不涸，仰涌甚旺，长年溢出池外而汇入山溪之中。泉边古树参天，其中有树龄逾百年的枫杨 3 株。

普贤庵附近原有千亩竹园，竹子的品种，当地人称“斑竹”。而今，昔日的竹园已辟为茶山，周围一公里范围内植有茶园 8000 亩，为施集茶叶主产区，生产的“普贤云雾”系皖东茶叶知名品牌。这里竹岭环回，鸣声上下，风景绝佳，为琅琊山风景区总体规划组成部分。相传，清代全椒进士、翰林院侍读学士吴鼒卸任回乡后所作《重游西山》一诗即是描写这一带风光：

夜雨初停径冷然，轻云留客话碑残。

梅花已作昙花现，小别青山四十年。

17 弥陀寺

弥陀寺，原名弥陀庵，始建于公元1341年，坐落滁州市皇甫山国家森林公园腹地，距皇甫山林场场部西南约700米。明万历《滁阳志》载：“弥陀寺，在州西五十里，至正元年创建。”

皇甫山地处江淮分水岭，因南唐大将皇甫晖屯兵于此而得名。弥陀寺附近的北将军岭，海拔399.2米，为皖东最高峰。抗日战争时期，皇甫山一带辟为路西抗日根据地，因地处深山，较为隐蔽，弥陀寺一度被作为新四军二师的一个卫生所，救治过很多抗日英雄。1941年2月，一个风雪之夜，由于汉奸告密，日本鬼子夜间来袭，除少数医护人员与轻伤员脱险外，40名重伤员统统被日军杀害，寺庙被烧。日本鬼子走后，当地人民群众挖了6个长坑掩埋烈士遗体。1986年，弥陀寺在残垣上得以复建。现在的弥陀寺古木参天，浓荫蔽日，四面群山环抱，溪流淙淙，远离尘嚣，已成为皇甫山风景区主要景点之一。

弥陀井。井在寺南百米山坡，实为一处泉眼，历代为弥陀寺食水井，井深3米，晶莹碧透，水味甘美，从未干涸。井的开掘年代在元至正元年（1341年），现保存完好。井四周翠竹掩映，景色如画。1967 年遭遇百日大旱，皇甫山林场 100 多名职工取弥陀井水饮用，每天用之不竭。

弥陀贡茶。弥陀寺有茶园数亩，其中的宋代老茶树颇受游人关注。相传，宋时悟真大师云游海内，慕名来到当年南唐大将皇甫晖屯兵的皇甫山，但见云蒸霞蔚，山清水秀，遂将从云贵带来的茶树种子播种于寺南山坡上。这里山高云低，风轻雾浓，良好的自然条件，培育出上好的佳茗。取门前弥陀泉水冲泡，暗香浮动，叶片渐渐舒展，升腾袅袅清香，喝上几口，沁人心脾；上水三次，仍然回味甘甜，香醇绵长，一时间弥陀茶在当地颇有口碑。当年，明太祖朱元璋率领红巾军攻打滁州，驻扎皇甫山，有人敬献此茶，身心俱疲的朱元璋一碗下肚，顿觉润喉回甘，神清气爽，精神为之大振。朱元璋应天府称帝后，对家乡的弥陀茶念念不忘，

弥陀寺

钦定岁贡。《南京户部志》记载：“成化三年，奏准南京库岁用茶，坐派滁州茶叶二百斤。”这是滁州茶被作为明代“贡茶”的最早记录。清代沿袭了这个传统，清查慎行任编修官时撰《人海记》一书，详细记录清朝各省府贡茶数量，其中也有“安徽滁县等贡茶三百斤”的记载。令人欣慰的是，当年悟真和尚亲手种植的茶树，历经800余年的风雨和风云变幻，尚存1000余株，并在老茶树附近又开辟了新的茶园。如今，滁州茶早已享誉江淮，然而茶农们永远铭记，弥陀茶乃是真正意义上的滁州贡茶之祖。

18 珠龙桥

珠龙桥，位于滁（州）定（远）公路 21 公里处南谯区珠龙镇老街，自南向北横跨沙河水库上游。

珠龙镇早年名为“济川铺”，后因珠龙桥而得名。清光绪《滁州志·营建志》收录徐青照《重修珠龙桥碑》详记始末。该桥初建于明嘉靖四十四年（1565 年），主建者为云南人、知州叶露新。桥原长 77.7 米，顶半高 6 米，座宽 11 米。清朝屡毁屡修。一修于雍正二年（1724 年），二修于乾隆五十三年（1788 年），三修于嘉庆二十二年（1817 年）。道光年间桥尽毁，仅存基址。道光十四年（1834 年）冬兴工进行第四次重建，历时三载，仅成三分。道光十六年知府徐青照领州事，加速工程进度，并为长久计，增高了桥门，在上游添筑拦水坝，历时一年，于道光十七年夏竣工，用钱三万余贯。桥长仍按旧制 77.7 米，座加宽至 11.3 米，顶半高 8.3 米，皆凿石灌浆立桩以求巩固；凡七洞，每洞平排 1.07 米围圆大木联成桥形，上覆三合土一米许，桥面以坚石铺平，两边砌砖石栏杆。此后，历 70 余年未圮。光绪八年（1882 年），抚院裕委熊提督思立修葺，用钱二千二百。

新中国成立后，珠龙桥基本完好。1954 年夏洪水暴涨，桥为水所毁，后由滁县交通局拨款修复，碴石桥面，木栏杆，六墩七孔，桥面宽 3.3 米。1967 年，桥下游 300 米处新建钢筋混凝土大桥，一年后通车使用。1978 年，珠龙公社于珠龙老桥两端筑墩二座，禁止机动车通过，仅供行人来往。1991 年春，经原县级滁州市水利局设计、珠龙乡出资，将原木质桥梁拆建为钢筋混凝土梁式平板桥。2003 年 7 月 5 日，百年不遇的洪灾将老桥冲垮 50 米，仅剩桥墩。2011 年 12 月，滁州市交通局拨款 395 万元，拆除原桥墩，改建钢筋混凝土新桥，次年 6 月主体工程完工，机动车禁行。

明崇祯九年（1636 年）正月，闯王李自成率农民起义军与明将兵部侍郎卢象升激战于广武卫、珠龙桥、清流关一带，兵马填沟委壑，“河水为赤”，终为卢所败。

珠龙桥附近的古驿道

珠龙桥亦为京京古驿道上的重要津梁。清代文学家戴名世于康熙三十四年（1695 年），从江宁（今南京市）赴京师，六月初九起程，七月初二到达，历时 23 天，撰写《乙亥北行日记》，记述了途经担子岗、关山、珠龙桥、磨盘山等地的情况，留下了“九省通衢”江北之行的真实记载。

晚清扬州知府、明光三界人吴炳仁曾奉命率部在沙河集、珠龙桥一带抵御太平军，他在手稿《约园存稿》卷四收录有《珠龙桥》一诗：

长桥迤逦跨山溪，茅店停鞭日又低。
云影迟回如倦客，水声呜咽似穷黎。
疲驴齿健喧刍豆，饥鼠灯昏窃果梨。
蚊蚋扰人眠不得，终宵默坐待晨鸡。

19 滁城古井群

水是生命之源。

古人卜居，依山傍水，既是自然形成的一道安全屏障，也是为了有效地解决水源问题。滁城沿河居民用的是西涧下来的山水，肩挑手提，以明矾沉淀泥沙然后饮用。茶馆、酒肆、大户人家则雇人肩挑车拉。至今，西涧大桥东侧还保留一条“挑水巷”。

然而遇到干旱年份，河水干涸，井水则发挥了不可替代的作用。1985 年，原县级滁州市组织城调，滁城不仅有七十二条半巷，还有七十二口水井，平均每条街巷里都有水井。可见水井是居民生活不可缺少的部分。

在民国时期，水井有官井和私井之分。官井属官府拨款建造，私井为市民集资或者有钱人独资挖掘。官井一般分布巷道宽敞地带，便于众多住户使用；私井大多建在四合院内或住宅门口。

滁城人对凿井大有讲究，水井的位置多选择在住宅或院内院外正门的左边。左边属阳，叫作“阳水”，又叫“龙水”。家人饮龙水后预示人丁兴旺、家运昌隆。动土凿井时，根据户主属相挑选一个吉日开始挖井。井口高于地面，四周用砖石拦砌，或用石凿井栏。井有方形、圆形、六角形，偶见八卦形。滁城水井大多为砖井，其特点是井口平砌砖块若干层，接下去砌成圈状。

马家小院古井

滁城井水是酿酒、晒酱油的最佳水质。据说滁州著名的訾家糟坊和张三益酱园，为了找到好水，寻遍整个滁城。最后，訾家在南桥南面找到酿酒的好水，便凿井建糟坊。新中国公私合营成立滁州酿酒厂，生产的醉翁酒深受市民欢迎，曾在省里获奖。张三益在石婆婆往北、韩家鼓堆巷往里 20 米处，开凿了一口井，开办酱园子，晒酱，做酱油、醋、酱菜等多种酱食品，几十年畅销不衰。

每逢农历的初一和十五日，滁城居民便会祭拜井神。特别是在除夕夜，还会举行封井仪式。家家户户都会在封井的当天上午和下午挑水，将自家的水缸、盆和锅都装满，以备除夕与初一、初二这三天的用水，这个习俗叫作“拜井神”。意思是感念井神一年来为人们供水辛苦了，在过年这几天也让井神休息一下，这样才能使井神在新的一年庇佑井水更甜、更纯净。农历正月初三启封，用香烛供品祭祀井神，启封时念念有词：“水龙王，水龙王，我先敬你福寿香。清清井水管吃用，冬天暖呀夏天凉。风调雨顺靠龙王，保我能吃五谷粮。全家向你作三揖，一年四季保安康。”

1964年底，滁城以城西水库为水源，筹建日供水能力2500吨的自来水厂，滁城居民开始告别水井。但也有许多市民用惯了井水，因为井水冬暖夏凉，洗衣洗菜十分方便。近年来，随着城市建设加快，滁城许多水井或封或填。2017年，随着张家巷以北和遵阳街征迁，又一批水井被迫填埋。2018年4月，笔者深入滁城老街区逐户调查，目前仅存水井30余口。

滁城古井一览表

序号	位　置	数量	备　注
1	兰家巷8号	1	
2	兰家巷10号	1	
3	兰家巷文化局宿舍	1	
4	兰家巷25号6室	1	
5	北大街57号10室	1	
6	北大街74号金家大院	2	
7	北大街142号	1	
8	北大街148号5室	1	井沿有款
9	财神巷3号	1	
10	财神巷4号	1	
11	财神巷6号	1	
12	张家巷4号6室	1	

13	张家巷 4 号 16 室	1	
14	张家巷 14 号 2 室	1	
15	南谯北路 258 号	1	
16	南谯北路 281 号	1	
17	西后街 11 号 1 室	1	
18	西后街 23 号	2	
19	清流街 19 号	1	井沿残损
20	火神庙巷火神庙院内	1	
21	龙兴寺巷 1 号	1	
22	龙兴寺巷 3 号	1	
23	金刚巷 15 号	1	
24	金刚巷 18 号	1	
25	金刚巷 27 号	1	
26	菜市街 5 号	1	
27	鲜鱼巷口工行东侧 40 米	1	井口残损
28	北门文化站院内	1	
29	东大街 31 号	1	
30	东大街原南谯区政府东巷	1	
31	东后街 45 号章益故居院北侧	2	
32	水井巷西侧	1	

20 胡家大楼

滁城东关遵阳街中段，有一座古朴沧桑砖木结构的小楼，楼主人姓胡，因为在众多低矮的平房中鹤立鸡群，当地人称“胡家大楼”。大楼坐北朝南，西临曹家巷，前楼两层，面阔三间 10 米，进深 6.2 米，高约 6.5 米，后楼三层，面阔三间 10 米，进深 6 米，高约 9 米，中有一天井，左右各一间厢房，面阔 4.6 米，进深 3.6 米，高约 4 米，各楼层皆有前廊，廊前有木栅栏，框架式结构，七架梁，硬山顶。

胡家大楼的建造者胡庆森（1863—1939 年），出生贫苦家庭，自幼无钱上学，只能帮助父母做些力所能及的琐事，以补贴家用。到了十四五岁时，胡庆森跟随一位木匠师傅学艺，十八岁出师。他学的是圆木，箍桶圈盆。他做木工活精益求精，箍出的桶盆无需刮腻上油，滴水不漏。胡庆森十年打拼创造财富神话，他请读书人给自己的店铺取名“胡泰森商号”，并请雕匠用黄梨木刻出匾额，烫金彩绘，端端正正悬挂在他的店堂上。

胡庆森膝下有九子三女，加上多处经营，商来客往，居住不便，遂决定建造一幢楼房。建造住宅乃人生大事，胡庆森不敢怠慢，他请来当时滁州最有名的风水先生文锦斋相看几处宅基，均不理想。文锦斋建议将遵阳街平房拆除，原地兴建楼房，理由是遵阳街地势高起，地基宽平，西背琅

胡家大楼

琊诸峰，东依清流河水，交通方便，人气旺盛，是难得的风水宝地。

文锦斋又根据胡庆森的要求，设计出胡家大楼建造图纸，既有江淮民居特色，又新颖不落俗套。当时滁城富户人家的住宅多为二、三进四合院，每院正房 3 ~ 5 间，厢房 2 间。一般为青砖斗墙、鳞瓦盖顶，室内方砖铺地，前有屏门，内有隔扇；院门多取东南或西南向，建门楼、甬道。城镇居民住房多沿街而建，面街开门。胡庆森建楼房一来因地基紧缺，二来也是推陈出新，标榜自我。文锦斋揣摩出胡庆森的心思，设计前后两栋三层小楼，坐北朝南，两楼之间用楼梯连接为一体，自然形成一处天井，既符合四合院的形状，也能彰显楼房的恢宏气势。胡庆森很是满意。

1929 年初夏动土开工。就在前后两进三层楼房木质框架平地而起时，时任滁县民国政府县长徐霈南大驾光临。无事不登三宝

殿，徐县长亲自下达一道口谕：县政府的办公楼仅三层，民居绝不允许超过政府楼。胡庆森不明白这是谁家的规定，法律法规都找不到这一条。县长一声招呼，他不得不停工缓建，图纸重新设计，建好的第三层拆除，改成半层的楼阁，工期延误整整三个月。楼房降低高度，不等于降低质量，他要把胡家大楼打造成滁城难得的精品，来显示胡家的荣耀。工匠来自苏锡园林建筑高手，精雕彩绘皆能；砖瓦从江南购买，青砖灰瓦小巧精致；灌浆全用糯米汁与石灰锤打而成。

年底，胡家大楼竣工，宅门棂窗雕兽镂花，视野开阔，迎晨曦夕晖，送日月星辰；吊脚楼台吸阳吐阴，纳气敛财。扶栏眺望，湖光山色。“胡泰森”店号匾额高悬门首，迎门两根立柱悬挂一副楹联：

俭身若璞中玉，经磨数十番沙石；
立品如岩上松，必历千百载风霜。

胡家视公益为己任，乐于助人，捐款修路、出资造桥，每次公益活动都可见胡家人的身影。三元桥年久失修，桥板腐烂，在外地学习的滁籍学生倡议捐资重建，胡庆森一次捐款一千元大洋。遇到灾荒年份，胡庆森还会在自家门口支起数口大锅，日夜供应米粥。抗战时期，胡庆森多次囤积大米食油，与根据地新四军合作社通商贸易，解决新四军的缺粮困难。家族内的事情，胡庆森也积极参与，如出资在文德桥北端建造胡氏“德润祠堂”，编修胡氏家谱等事宜。

抗战胜利后，国民党政府回迁滁县，“肃奸”委员会对滁城所有商家进行清查，凡与日本人通商者，一律按日伪财产没收充公。清查结果，“胡泰森商号”在日伪时期，没与日本人做过一笔生意，属于合法商人，被日伪政府侵占的粮行，包括机米坊、油坊如数归还胡家。

滁城刚解放时，军管会要求滁城几家粮行组织粮源，供应市场。胡庆森妻子胡三娘积极响应号召，最先开门营业，恢复机米坊和油坊的生产，最大限度保障支前渡江粮油供应。军管会一时拿不出现款，“胡泰森商号”愿意赊欠。1950 年国内掀起抗美援朝运动，胡三娘主动捐款 60 万元，购买飞机支援前方，受到政府的嘉奖。

1951 年 2 月，胡三娘主持子女分割财产，五世同堂的胡家宣布分户独立。2017 年夏，作为滁州市重点工程、总投资 4 亿元的遵阳街改造项目破土动工。胡家大楼，这座见证东关历史变迁的百年老宅得以完整保留。

21 滁县天主教会小楼

滁县天主教会小楼，位于滁城育新东路机关南苑小区东北侧，原为市委老干部局办公楼，大约建设于 1936 年前后，建筑面积 300 平方米，二层楼房，砖木结构，至今保存完好。二层顶部设置阁楼；一层木地板下悬空约 60 厘米，为防潮之用；东南西北四面墙根各设两个通气孔，并用网状铸铁封口防鼠。整幢小楼为欧式建筑风格，设计精致，美观实用。

天主教最早在滁传播，始于清光绪二十八年（1902 年）。和县天主教会中国籍神甫徐佩南来滁传教，租赁丰乐桥北巷民房 2 间为教堂，招收男女教徒。民国二年（1913 年），天主教在滁城仓巷内购地 7 亩，盖平房为教堂。此后和县天主教会常派中国籍神甫和法国、西班牙、意大利籍的传教士来滁主持弥撒、传教。民国二十六年（1937 年）12 月，滁县沦陷，蚌埠区主教赵信义（意大利籍）派耶稣会传教士魏怀德（意大利籍），几经周折从来安县转道到滁县，魏到滁后着手建立天主教会，并成为驻滁天主教会第一个神甫。民国二十七年（1938 年）滁县天主教女部（又称圣母院）成立，由蚌埠教会派修女凌俊到滁协助传教，男教则由张福源、孙海涵等人协助传教。同年秋，教堂在女部东邻开办善导小学，旨在以此途径向社会传播教义、发展学生为教徒。民国二十九年（1940年）后，滁县天主教会发展很快，到民国三十八年（1949年）1月，发展信徒约600人。

新中国成立后，滁县天主教会发展呈逐步下降趋势。1950年夏，魏怀德与南京天主教赵洪声神甫联络在滁成立反动组织“圣母军”。1951年6月该组织被公安机关侦破，同年11月2日在滁城召开公审大会，会后魏怀德被押解驱逐出境。1955年，滁县天主教因无人主持宗教事务，活动逐渐停止。1980年代，滁州市（县级）有天主教恢复活动，其后逐年增多。1996年5月，蚌埠天主教区派修女骆启修到滁城传教，并派海桂英信徒陪同照顾骆生活。2003年初骆启修病故后，安徽省天主教区派聂迪修女来滁主持教务，到2010年，市境有天主教信徒80人左右。

滁县天主教会小楼

22 俞家大院

俞家大院，位于滁城遵阳街中段南侧，与胡家大楼隔街相望，始建于清晚期，占地面积1800平方米，建筑面积488平方米，是遵阳街历史街区现存规模最大的一组住宅建筑。

俞家大院共有五进，院落格局较为完整，因俞氏祖先自皖南迁滁，整体风格属于典型的徽派建筑。现存房屋多为抬梁——穿斗混合式梁架，木梁承重，硬山屋顶，铺小青瓦，墙体青砖空斗砌法，砖砌马头墙，木质门窗。

俞家大院的前两进为商业门面，第三进用作仓库。第三重院落的正厅最高，过门处砌筑有精美的雕花门罩，前有前庭，后有天井，中为大厅，两侧厢房，大厅入口有屏门，日常从屏门两侧出入，遇有礼节性活动则从屏门的中门出入。此即东关老一辈人时常提及的“俞家大厅”。

院落每进房屋之间隔有天井，用以发挥通风、采光的功能；阴天落雨，雨水则通过天井四周的水枧流入阴沟，俗称“四水归堂”，体现了“肥水不外流”的徽商理念。第四进、第五进为住宅，二进之间原为俞家花园，曾植有牡丹等花卉，内有用作休息的石桌、

俞树森与孙辈合影

石凳。四周高墙围砌，风貌保留至今。

俞家大院的建造者俞永康，生卒年不详，系俞家迁居遵阳街的第一代，经营粮行。第二代主人俞树森（1900—1989 年 7 月），20 世纪 20 年代于上海圣约翰大学毕业后留沪任翻译，期间加入“安徽同乡会”，得以结识胡适、杭立武等人。因同属滁州籍，与杭立武友情甚笃，并保持书信交往。抗战时期，经杭立武推荐，一度出任安徽省教育厅督学。1945 年 9 月至 1946 年 7 月担任安徽省立滁州中学校长，卸任后赴上海任翻译。新中国成立后在崇明岛任中学教员。1949 年，谢绝杭立武赴台邀请。1957 年因历史问题被捕入狱，20 世纪 80 年代初落实政策返滁。去世前曾担任县级滁州市人大代表。

23 大成面粉厂

大成面粉厂，坐落于滁城小东门内城河以南、津浦铁路以西。前身系 1926 年滁州粮商王德才开设的小型机制粉坊，当时日产面粉 800 斤。1929 年，王德才在南京结识商人顾宝山和江云志，三人志同道合，十分投缘，遂合股在原厂址建造起三层楼的制粉车间，总面积 1100 平方米，添置 40 马力和 20 马力老式柴油机各 1 台，24 寸钢磨 2 台。旺季时，原料充裕，两班制日产面粉 500 袋（每袋合 18 公斤）。江云志任厂长，他虽不懂技术，但精通营销。他自创品牌：一等面粉是绿耕牛牌，二等面粉是红耕牛牌，三等面粉是蓝耕牛牌。在 1930 年青岛全国面粉评比会上，绿耕牛牌面粉荣获第二名。喜讯传来，面粉厂名声大振，生产的耕牛牌面粉供不应求。当年改名为“大成面粉厂”。面粉大多销往滁县、来安、全椒及江苏省浦镇、南京等地。紧接着又购置直流发电机一台。入夜，面粉厂的粉楼、仓库、宿舍灯火辉煌，开创滁城机械加工先河，同时也成了滁城用上电灯的第一家。

1941 年，滁城商界提议集资兴办发电厂，在大成面粉厂发电车间的基础上扩建电厂。从中国元康行购回开放通风式发电机 1 台，

大成面粉厂俯瞰

配置国产卧式蒸汽发动机1部，多管卧式锅炉1具，变压器1台，配电盘1块，在大成股份有限公司面粉厂内建成占地面积71.54平方米发电车间1座，所发电力首先满足加工之需，剩余电力用于商业照明和滁城富户生活用电。发电车间对内称“电灯厂”，对外称“滁县电灯公司”，公司设营业部于滁城钟楼巷。

电灯公司在发电车间安装中国华南厂制造的高压伏自动式多油断路器1台。从发电车间经东关、东大街、中心街、四牌坊一线，竖立木质电杆142根，架设高压伏输电线路2.62公里，沿线并装配电变压器1台。抗日战争胜利后，大成面粉厂被国民党政府接管，后又多次转让、改名。滁城解放后，该厂为人民政府接管。1949年5月，地方政府修复大成面粉厂；8月，皖北行署拨给小麦50万公斤，恢复生产。20世纪90年代大成面粉厂破产改制。

作为滁城百年老字号企业，大成面粉厂不但为新中国经济建设发挥作用，而且为滁城机械行业培养了一批技术力量。中国著名品牌扬子集团首任领导宣中光就是当时该厂的第一批技术骨干。1958 年 3 月宣中光调出，由他筹备组建的滁县专区农机厂，成为滁县地区第一家地方国营机械加工企业。

24 乌衣老街古民居群

“乌衣”一词，出自两晋琅琊王司马伷、司马睿之“乌衣营”。乌衣镇名，则最迟出现于南宋之初。清光绪《滁州志》记录乌衣人罗畅于康熙四十一年（1702 年）撰写的《乌衣浮桥街道文楼碑文》，考证乌衣镇至少形成于南宋德祐末年（1276 年）；县级《滁州市志》载，宋德祐二年（1276 年）乌衣即有“滁阳首镇”之称。清文渊阁四库全书《两宋名贤小集》，亦收录有南宋诗人潘柽《自滁阳回至乌衣镇》一诗。

明初，朝廷在滁设立太仆寺，乌衣为往来滁州与南京之间的必经之路，王阳明、陆光祖、文徵明、屠隆等一批名宦先后在乌衣留下诸多诗文或遗迹。明永乐初朱棣迁都北京，以南京为留都，乌衣得水陆之便，成为京京古驿道江北重镇，至正德、嘉靖间，街巷发展已具规模，万历初年的“古乌衣巷”木牌坊可资佐证。

专家考证，“滁”字的前身“涂”字就来源于乌衣镇。三国吴赤乌十三年（250 年），吴王孙权遣兵 10 万，在堂邑（今滁河经过的南京市六合区与乌衣镇汪郢、黄圩交界处）截滁水作“涂塘”，以水代兵，阻挡魏军南下。清咸丰八年（1858 年），太平军前军主将陈玉成与后军主将李秀成率部于乌衣大败清钦差大臣德兴阿、帮办军务总兵鞠殿华和钦差大臣胜保等部，歼清兵3000多人，史称“乌衣之战”。

古码头附近民居

乌衣老街沿蜿蜒的清流河而建，全长1.5公里，青石路面，不同时期的民居及上个世纪后半叶的邮电、银行、工艺社、税务所分布街道两侧；房屋格局临街枕河，少则二进，多则五进。2007年，国家实施第三次全国文物普查，经滁州市文物部门登记，乌衣老街保存完好的晚清、民国的民居共计38处。近代以来，由于清流河每年汛期上游洪水的倾泻和下游河水的顶托，乌衣老街每成泽国，造成许多古民居在洪水浸泡中倾斜、坍塌。有条件的住户纷纷外迁，老街日渐冷落。目前，保存完整的古民居仅有6处，分别为刘家老宅、王家小楼、尹家小楼、曹家老宅、尹家老宅、俞家老宅。其中，曹家老宅青石地坪，砖砌花窗，二进院落，民居风貌原汁原味；俞家老宅仍完整保留着老街为数不多的马头墙。

老街范家巷原有范氏祠堂，系范仲淹后裔、明朝首任太常寺卿范常的家祠，祠已不存，范家巷仍在。

25 一宿庵

一宿庵，在滁城南7公里乌衣镇柯湖村皇家庄。清康熙《滁州志》载："一宿庵在州南三十里乌衣镇。"一宿庵原有3间平房，长12米，宽3.5米，高5米，系明万历三年（1575年）所建，后屡毁屡修，面目全非，现仅存部分墙基。

坊间传说，乾隆皇帝下江南途经此庄，与当地民女一宿于此，故而称之"一宿庵"。这也许是皖东地区"一夜情"最早版本，借皇帝金身光耀地方，陋也。但毕竟只是传说，无据可考。

明万历年间李之茂《滁阳志》载："一宿庵，在州南三十里乌衣镇，万历三年创建，陆太仆光祖撰记。"

明万历元年（1573年）二月，浙江平湖人陆光祖到滁任南太仆寺少卿，后升任南太仆寺卿。陆光祖《一宿庵记》有云："余以一宿于此，因题之曰一宿庵。"庵系陆光祖与关中一个叫学宪的人共同为守心禅师捐建。

《一宿庵记》当时曾勒石于墙壁，惜今已不存。

附：

一宿庵记

陆光祖

佛之道主于破爱执，以全妙明无住之真心，惟恐贪著为累。故日中一食，树下一宿，不留畜，不三宿桑下，远其累也。余官南太仆，常以职事至留都。守心禅师者，栖金陵弘济，有高德，为徒众所归。余旧为祠部郎，与相善，别凡十六年矣。顷过乌衣邮，吏为言师住锡于此，余闻喜甚，亟邀至相见，叙旧甚欢。后过辄请相见，然匆匆分去。亦尝至余署中，师厌嚣，弗能留也。他日自留都还，过乌衣，因造其居，日向晡矣。乃散遣人吏，独与相对，爇香趺坐，请质奥密。有顷，父老三四辈来谒，师为余煮茶作糜，夜久就蓐，枕肱甘寝，不知日之高舂也。乌衣当四辏中衢，而其人喜结僧缘，应其食宿，余欲遂成之。顾屋庐庳隘，无以容客，乃属父老买隙地，拓其基。走书关中，约余弟学宪君共捐俸，市材庀工，增建堂室，四月而就。余以一宿于此，因题之曰“一宿庵”。此庵专待云水往来，当其疲于道路，入夜投息，蔬食草榻，至者晏如，迟明讫食，洗钵出门，一藤高肩，不顾自去。主人接之，无贤无愚，无老无少，无疏无亲。以平等法，运广大心。一如路亭邮舍，来即礼纳，去无酬谢。洒然不滞，彼此各适。主人无厌怠，客亦无系恋。其去其来，率以一宿。此日既尔，来日复然。

一宿之旨，其佛之遗乎？夫贪夫腰钱，身溺不舍；夸者竞权，口含犹视；执情弥固，广生诸结；爱河苦海，永劫沦坠。彼亦安知一宿之义哉？呜呼，凡过而宿者，皆佛弟子也。尔其以三界为蘧庐，以形骸为旅泊；以情识为客尘，以圆觉为常住；一宿顿悟，同于永嘉。此佛之为教而余所以名其庵也。为书庀石，置之壁间，俾观者有省焉。

（录自明万历《滁阳志》，张铉校点）

26 白云庵

白云庵，位于滁州城西12.5公里的南谯区珠龙镇官塘村瓦屋刘村民组东山，始建于宋天圣元年（1023年）。遗有碑两座，镌刻“天圣元年造”五字。北距清流关仅1.5公里，为清流关古庙宇群之一，旧有“过关必至庵”之说。

由于白云庵地处京京古驿道附近，翠微环合，林茂径幽，特别是“白云清泉”已成为当地一景，常常吸引途经此处和在滁太仆寺官员前来游赏唱和。据考，有关白云庵的古诗约13首，明代刑部尚书李世达、南京太仆寺卿陆光祖、刑部主事王可立、开封府同知石玺、工部主事许孚远、宝庆同知孟津、崇祯进士金拱敬等，均有唱和。其中，尤以南京吏部尚书胡松《游白云庵》二首为人称道:

其一

山围列嶂重重见，溪拥寒沙细细流。
上界云深人寂厉，下方钟罢鸟喧啾。
泉兼松韵飘空转，草带天香到处幽。

一坐令人消百虑，回看心地欲何求。

其二

山下招提户外松，朅来无语坐高舂。
白云堆里尘宁到，绿树林中水自淙。
鹫岭顿淹中士驾，鹿门犹愧昔贤踪。
比年偶会无生理，一任霜华点鬓容。

白云庵400岁银杏树

27 幽栖寺

幽栖寺坐落滁城西北约三公里黄草洼山谷中。清光绪《滁州志》卷十载：“幽栖寺，在州西南七里，侧菱山之麓，旧名黄草洼。明万历初，幻空道人结草居之。岁辛卯，有觉明自维扬来，卓锡此山，募诸施者，开山拓地。太仆寺卿唐元钦、少卿王汝训、寺丞张思忠助之。创立殿宇，塑诸佛菩萨像及五百罗汉像。台殿巍峨，

明万历南太仆寺界碑

树木葱翳，为一时庵院之冠。有张思忠、杨于庭碑记。”并收录明、清名宦区大相、吴国对、胥庭清、金光炅律诗6首。现存遗址上，仍完整保存明代觉明井、觉明碑、院落基础以及十分壮观的两道巨石台基。

明万历初年，一个叫幻空的道人云游至此，发现此地三面环山，一面开阔，幽静宜人，遂结茅而居，名“幽栖庵”。十多年后，道人远游，又一个名叫觉明的僧人见此地远离尘嚣，清幽寂静，发愿兴建庙宇。觉明和尚一面劈山拓地，一面四方募化，其艰苦精进的精神感动了当时在滁州的南太仆寺卿唐元钦、少卿王汝训、寺丞张思忠等一班文人。在他们的大力支持帮助下，寺庙渐具规模。众人相议，仍然沿用“幽栖”之意，定名“幽栖寺”。

当年的幽栖寺香火旺、影响大，一跃成为滁州主寺。寺内塑“西方三圣”以及五百罗汉法像，寺后建舍利佛塔巍峨壮观。太仆寺官员张思忠、杨于庭曾作有碑记。如今在残存的断碣上清晰可见“万历拾柒年捌月二十一日立石”字样。碑文还记载了寺院域地面积：“东至分水岭，西至涧底，南至大山岭，北至石嘴”等四面方位。同时介绍了当家和尚觉明“戒行精严，禅诵功课从不懈息，僧俗两界信向”；以及觉明率领僧众兼务农耕，“承佃奉香火，依期办纳夏税”等事迹；甚至还有维护社会治安，打击遏制强盗破坏侵犯的情况记载。后来继任的南太仆寺卿钱士完根据群众良好口碑，安排觉明去琅琊寺当住持，并调配给琅琊寺168亩僧田。《琅琊山志》收录有钱士完撰写的《琅琊寺开化禅寺给常住田记》一文。

幽栖寺声誉日隆，游人纷至沓来，其中的一些官吏与文人给幽栖寺留下诸多游记和诗文。明万历年间南太仆寺丞区大相《吕太仆招游幽栖庵》诗云："不负冥搜约，溪回麋鹿踪。烟云生大壑，钟磬响深松。乱石都成佛，穷僧半作农。虚空开眼界，百里见孤峰。"

整个明代期间，幽栖寺不断有高僧在此修行。如，一个名叫文玺的进士，弃官出家，隐居于此，与鹤鹿为伴，专心修行。朝廷对他褒奖嘉勉，不仅御赐"鹤林鹿苑"金匾，而且颁赐《大藏经》一部。文玺被时人誉为"禅林领袖"。

直到清初，幽栖寺仍然香火鼎盛。顺治八年（1651年），全椒县文化巨擘吴敬梓的曾祖父吴国对，为博取功名，借住寺内潜心读书，他于寺中写诗抒发自己当时抱负："借得山居学闭门，鸟啼花发亦为恩。三年看剑知谁敌，七日成丹许自论。烧烛春岩探雪字，烹茶晨壑取云根。此中寄托非同隐，快我他时礼佛言。"（《辛卯借憩幽栖寺》）吴国对面壁苦读，果然不负众望，于顺治十五年高中殿试一甲第三名（探花），一时传为美谈。

28 清流关

清流关位于滁州城西 12.5 公里关山中段山口，始建于南唐，因五代十国时地属清流县，故名“清流关”。1989 年 5 月 27 日，清流关被安徽省人民政府公布为第三批省级重点文物保护单位。其古关隘、古驿道、古战场“三古”特色和保存现状，均属国内罕见。

清流关及周边曾为古战场之域。显德三年（956 年），宋太祖赵匡胤率后周大军于清流关破李璟兵十五万之众，生擒其将皇甫晖、姚凤于滁东门外。清流一战，定大宋江山。《资治通鉴·后周纪》、欧阳修《丰乐亭记》均有记载。明崇祯九年（1636 年），李自成、张献忠率农民起义军与兵部侍郎卢象升激战于清流关、珠龙桥、广武卫一带，兵马填沟委壑，河水为之赤，终为卢所败。太平天国东王杨秀清于咸丰三年（1853 年）五月攻克南京后，派罗大刚攻滁州，与清臣琦善部将胜保的三千骑兵大战清流关，“箭射如雨”，罗军伤亡甚重。

清流关号称“九省通衢”。九省，即闽、赣、浙、苏、皖、鲁、豫、晋、冀。明初，朱元璋诏令在家乡凤阳兴建中都城；永乐十九年

（1421年）明朝廷正式迁都北京，以南京为留都。这两次重大决策，使得清流关沿线古驿道的官方地位更加凸显，官员往来、驿报频传、商旅过境，这条繁忙的陆路交通大动脉一直延续至津浦铁路开通。明宪宗成化十四年（1478年），翰林院编修程敏政回故乡休宁，途经清流关及和州昭关，写《夜渡两关记》曰："马行三十里，稍稍闻从者言：'前有清流关，颇险恶多虎。心识之。'"清代文学家戴名世于康熙三十四年（1695年）从江宁赴京师，六月初九起程，七月初二到达，历时二十三天，撰写《乙亥北行日记》，留下了"九省通衢"江北之行的真实记录。迄今，清流关上下青石铺筑的古驿道上仍清晰可见"辙痕凹陷"。

清流关旧有关洞、关阁。关洞呈拱形，深十余丈，巨砖块石垒砌，东西两面门额上嵌有石刻"古清流关""金陵锁钥"楷书大字；

清流关关口

关洞之上，建有关阁，巍峨雄峙，颇有一夫当关、万夫莫开之气势。以关阁为中心，山口两侧远近分布关山寺、关圣殿、包孝肃公祠、大佛殿、娘娘殿、无梁殿、元君殿、滴水庵、白云庵、胡天官祠、中军帐基、幽亭、观花台等建筑群，以及古道春晓、清泉古井、中秋望月、清流瑞雪“清流四景”和上马石、点兵石、磨刀石、试剑石“清流四石”。古关历经兴废，如今惟剩关洞半壁残存，但是遗址上随处可见的碑刻、古砖、古井、车辙、石构件，似在诉说曾经的沧桑与辉煌。

一千多年来，历代文人墨客吟咏清流关的诗文灿若星辰。诗中最古者为宋欧阳修《永阳大雪》、陆游《送张野夫寺丞牧滁州》，脍炙人口当数清王士祯《题清流关》；散文则有明程敏政《夜渡两关记》、清戴名世《乙亥北行日记》，两文均收录《古代散文选》。

29 临淮关

京京古道滁州境内，有著名的水陆二关：陆关为清流关，水关则为临淮关。

淮河干流经市境北部有东西两段，西段自蚌埠市抹河口入凤阳县境，到小溪集止进入五河县，长约50公里；东段自明光市与泗洪县界向东过泊岗引河折向南至马岗咀止，长41公里。临淮关位于西段，属于重要的水陆枢纽。

临淮关因临淮县而得名。明洪武二年（1369年），明朝廷在临濠府西部建中都，次年初改钟离县为中立县，又改县名为临淮。洪武八年迁府治于新城内（今府城镇），临濠府城仅作为临淮县城。成化元年（1465年），同时在淮河沿线的临淮县设临淮关，在寿州正阳镇设正阳关，二关隶凤阳府通判管理，赋以榷课（国税征管）之责。清《江南通志》：“临淮关在临淮县，明成化元年设，部推大使一员管理。”

清初，关废。乾隆年间，临淮县并入凤阳县。乾隆十九年（1754年），由于水陆枢纽的地位和作用，朝廷又重新设立临淮关。清《嘉庆重修一统志》：“乾隆十九年设临淮关，属凤阳仓，设户部榷课。”太平天国时期，清政府在临淮关额外征收厘金。民国二年（1913 年），津浦铁路在此建临淮关站，后来民国政府于此设临淮镇。1949 年元月解放，设临淮市。1950 年 2 月撤市改设临淮区，1955 年 12 月设立临淮镇，1958 年起，临淮城镇建设逐渐向西扩建，旧城尚存的涂山门和鼓楼基座，因街道拓宽和扩建京沪线双轨铁路陆续被拆除。镇内尚有县署街、小城头、城里、大关、大东关、南关、西关等地名。

临淮关旧有驿站，古称濠梁驿，原址在今马滩街。据光绪二年（1876 年）《凤阳县志》载：驿站设马六十五匹，马夫四十一名，差夫二十四名。光绪八年（1882 年），濠梁驿添建草房十八间。入民国，驿站废除。

淮河自古就是运载商旅的航道，地处淮河中游的临淮关为必

东关遗址

经之地。北宋苏东坡从颍州迁任扬州，乘舟顺淮东下，经临淮关勾留数日，留下了脍炙人口的《咏濠州六首》。清末，淮河上正式开通客轮，开行上游正阳关经停临淮关，至下游江苏省马头港的客班，每旬二、五、八日早晨从正阳关发船，当晚停靠临淮关，一次可容客 70 人。民国十三年（1924 年），修建凤阳府城至临淮关 8 公里土公路；民国二十四年，建成明光至临淮关土公路。

特殊的地理位置，使临淮关客流密集、市场繁荣。临淮关因此成为金融业进驻最早、最多的城镇。民国元年（1912 年）2 月，原安徽裕皖官钱局改为安徽中华银行，同时在临淮关设立分行，经办皖北各地公款解交。民国三年，上海商业储蓄银行在临淮关设立分行，后改为办事处。民国二十四年安徽地方银行总行在芜湖成立，次年在临淮关设立办事处。1949 年 6 月，华中银行江淮一支行改为中国人民银行滁州支行，9 月在各县城设立办事处，凤阳县支行设在临淮关。民国二十三年至二十四年，中国银行在临淮关设立办事处，隶属蚌埠支行，简称“濠处”。1951 年 6 月，省交通银行在人民银行临淮关支行内设立交通银行代理处，1952 年 11 月交通银行临淮关代理处改为交通银行滁县办事处。

随着现代交通的迅猛发展，临淮关逐渐淡出历史的舞台，但是马滩街、大东关古渡、东关小街、淮宁桥，诸多文物古迹依然保存完好，似在证明临淮关曾经的辉煌。至今，凤阳人提起临淮关，仍是一脸的自豪……

30 辛氏庄园

辛氏庄园，位于明光市明南办事处大辛庄村内，庄园主人辛氏，是地方乡绅，始建于清代晚期至民国时期，占地面积 1.5 亩，为一处二进院落。

庄园的特别之处是西院墙角的一座碉堡。碉堡原貌基本完整，共两层，六面，高度约 15 米，砖木结构，碉堡的上半层备有瞭望口等设施。整个碉堡内部设计功能完善，可攻可守。

庄园周边土地平旷，正南数里，即定远与明光交界的大横山，宋有横山寨，旧为匪寇出没之所。专家判断，在此处置碉堡，有制高据守、严防匪寇之目的。

1942 年初，嘉山县抗日民主政府为了发展经济、繁荣市场、稳定物价，决定在一些集镇开办供销合作社。为筹措启动资金，时任县长汪道涵找到大辛庄这位与自己父亲有些交情的庄园主人辛老先生借钱，辛老先生慷慨解囊，当即借了 5000 块大洋，解了抗日民主政府的燃眉之急。

辛氏庄园为目前皖东地区仅存的私人庄园。2012 年 12 月，辛氏庄园被安徽人民政府公布为省级文物保护单位。

辛氏后人成就最著者，当数辛秋水。

辛秋水，1927 年出生，1950 年安徽大学法律系毕业。1957 年被打成“右派分子”，1979 年平反后，在安徽省社会科学院从事农村社会学研究，长期从事社会调查研究工作，倡导并亲身实践“文化扶贫”和村民自治。1987 年他向中共安徽省委提出“以文扶贫，综合治理——对一个贫困山乡的扶贫改革方案”，并组织实施，取得明显成效。1980 年 11 月所作《当前国家贪污行贿之风严重》的调查报告，受到中央的高度重视，《人民日报》转载，中纪委机关刊物《党风与党纪》全文刊登。1995 年、1997 年、1999 年分别荣获安徽省“五个一工程奖”，1992 年、1994 年两次获得国务院颁发的社会科学突出贡献证书。1992 年主编出版《中国农村社会学》，1999 年主编出版《中国村民自治》。现为安徽省社会科学院研究员、安徽省文化扶贫与村民自治研究实验中心主任、中国农村社会学研究会副理事长、安徽省农村社会学研究会理事长。

辛氏庄园

31 嘉祐院

古嘉祐院，原名大寺，位于明光市女山湖镇粮站院内。《盱眙县志》载：“嘉祐院在旧县镇，宋嘉祐年建。”

南朝宋武帝刘裕，在此地设招信县治；北周改为招义县，北宋又复称招信县；元世祖时，将招信县划去八保归泗县，其余大部分改隶盱眙。招信县废，故称“旧县”。由于这里曾是古代县治，所以庵观寺院较多，嘉祐院便是其中之一。

宋仁宗年间，淮河两岸，宋金对垒。招信一带，连年战争，死伤无数。嘉祐元年（1056 年），据守淮南大臣上奏仁宗，请旨超度阵亡将士的英灵。仁宗皇帝赵祯好佛，便携带水陆古画 108 轴和全部藏经（宋本）抵招信大寺，把 108 轴水陆古画悬挂在寺内，做了七七四十九天道场，以慰藉阵亡将士。此时恰逢暑期，天气炎热，仁宗帝驻跸寺内避暑。入秋回銮，仁宗就把水陆古画 108 轴和全部藏经赐予了大寺。大寺住持及众僧为铭记圣恩，遂更名大寺为“嘉祐禅院”。

水陆 108 轴古画，系唐代著名画家吴道子力作，绢地，画面内容为水陆里的神仙鬼怪。每逢六月初六，嘉祐院的僧侣们便将图卷挂出晾晒，焚香礼拜，视若珍宝。这批古画，后来大部分遗失于战乱之中，剩下部分解放初期捐献国家。

有方志人士研究，嘉祐院的始建年代应早于宋嘉祐年间，可能为宋嘉祐年重修，而《盱眙县志》记载有误。嘉祐院原位于旧县城东500米，明正德十二年（1517年），旧县发生历史上罕见洪水，旧招信县城沉陷于女山湖中。湖中曾出土过唐代青瓷水注、宋代定窑刻花瓷瓶、唐代字砖等遗物。现存的嘉祐院为清代异地重建，本是一组完整的清代建筑群，包括正殿、东西厢房、藏经楼及僧舍20余间，总面积1500平方米。1953—1970年间，大部分建筑被拆除，仅存嘉祐院正殿3间，通面阔12米，通进深8.5米，外形为硬山马头墙两坡水式样。内部木架，明间为七架梁前后出单步，次间为穿斗式梁架，山面砌马头墙，正背两端翘起与马头

嘉祐院

墙相接，此类建筑样式它处不见，是一种特殊的地方建筑样式。原有隔栅、栅窗、栅墙，现已不存。

1982 年 8 月，嘉祐院被嘉山县人民政府公布为县级文物保护单位。2004 年 10 月，该院被安徽省人民政府公布为省级文物保护单位。

32 天长图书楼

天长图书楼，位于天长市区胭脂山公园内，坐北朝南，于1921年动工，次年10月建成，建筑面积338.8平方米，使用面积254平方米。上下两层，每层5间，砖木结构。楼砖犹如古城墙砖块，多用糯料石灰调和砌造，楼内板木均为美国进口红松制作，坚硬耐磨。整个楼体青砖白缝，朱红门窗、金字乌瓦，交相辉映；两端尖顶，墙面是经两道女儿墙连接正中的半圆形，正面有一突出的拱形门楼，三面拱形门，门楼上为一平台，是一座欧美风格与中国古典风格相结合的建筑。建成以来，主要功能一直为公共图书馆。是迄今为止国内现存最早的公共图书馆之一，对研究我国早期公共图书馆事业的发展，具有重要的历史价值。

建造者张铭，是我国近现代史上一位著名的进步文化人士，曾留学美国，后出任爪哇、尼泊尔等国公使，是我国现代著名作家张贤亮的祖父。张铭早年接触新思想且受到西方教育，能够顺应潮流，并热衷新文化运动。1920年，张铭出任天长知事后，积极率领地方士绅及社会名流捐资创建天长图书馆。当时，馆内藏书颇丰，有《万有文库》《图书集成》《二十四史》及其他各种书籍 5000 余册。天长图书馆的创建，恰逢“五四运动”后新文化运动的蓬勃兴起，因此其为传播科学文化知识和马克思主义，提供了一个重要场所，影响了当时大批进步青年。如今，旅居在海内外的很多知名人士，对天长图书馆都怀有深厚的情感。

就建筑本体而言，天长图书馆具有极高的保护价值。其建筑风格受当时“西学东渐”思潮的影响，将公共图书馆的藏、借、阅等多种功能科学布局，同时又结合了中国传统“藏书楼”的建筑风格，中西合璧，造型独特，对研究中国现代建筑业的发展，具有重要的科学、艺术价值。

天长图书馆除战乱年代曾临时作为军事指挥机构驻地外，八十多年来，一直作为藏书、外借和阅览场所，至今保存完好。1980 年，天长图书馆旧址被原天长县革命委员会列为县级文物保

天长图书楼

馆藏古籍

护单位。2008 年，我国著名文物保护专家谢辰生先生深入天长图书馆视察时指出，天长图书馆是一处非常重要的近现代代表性建筑，国内已难得一见，应提高保护级别，予以加强保护。2012 年 12 月，天长图书馆旧址被安徽省人民政府公布为省级文物保护单位。

33 法华禅庵塔

法华禅庵塔，又名“兴慈宝塔”，位于明光市明南办事处大横山北坡半山腰处，周边是汉、回民族生产、居住地。《滁志补遗》载：“大横山跨滁定两邑，周二十里，东半属滁，上有半山寺。”半山寺又名法华禅庵，塔因而得名。

法华禅庵塔始建于元至正十年(1350年)七月，为一座仿木构建筑阁式砖塔。平面呈六角形，底层单面宽4米，原有木制的副阶、

兴慈宝塔

周匝(今已毁),仅在塔体上有梁及拱等,可以一窥它始建时的形制。塔上盲窗较多,纹饰有菱形、方形、画纹形和直棂形,变化丰富,

建塔碑铭

在阳光照射下透视效果极佳。塔底层南侧内有方形佛龛，上有重杪斗拱和圆形藻井，式样古朴庄重。塔梯为穿心折上式，二层为方形壁内折上式。在塔梯道壁上，镶嵌三块建塔捐款碑。

距兴慈宝塔东南 160 米处，还有一座小塔，俗称“小宝塔”，为砖石结构的楼阁式，平面六角，立面为七层，此塔无碑记和建筑年代。

法华禅庵塔系元代佛塔，我省迄今发现仅此一处。省考古专家实地踏勘后认为，法华禅庵塔为我省为数不多的元代建筑，为研究元代建筑风格提供了珍贵的实物资料。此塔于 1984 年文物普查时发现，立面目前仅剩两层，残高 11.2 米。

1986 年 7 月，法华禅庵塔被安徽省人民政府公布为省级文物保护单位。

34 宝林桥

宝林桥，位于全椒县城西门、凤凰街起点，横跨襄河，全长40米，宽4.2米，高9.4米，孔径10米。桥始建于元至正辛巳（1341年）仲冬，见桥圈刻石记载。明代桥毁，改建为三孔拱形石桥。民国四年（1915年）重修桥面和栏杆。建国后，因桥面是用条石砌成的拱形，不利于交通，加之桥西拱面非常之低，给过往车辆造成不便，故于20世纪80年代中期将桥面两端修平。如今此桥仍是县城通往西北各乡镇的主要津梁。

宝林桥旁原有两座寺庙，一名宝林寺，一名观音庵。宝林桥因宝林寺而得名，明泰昌《全椒县志》载江西督学、全椒人黄纯《宝林寺记》篇首云："全椒，古邑也。去西南不半里许，有寺曰'宝林'，唐贞观七年，浮屠名辉者创始，以修禅定，遂号曰'宝林禅寺'。"意思是说，早在唐代贞观七年（633年），一个叫名辉的禅宗和尚，初创宝林禅寺。明开国功臣乐韶凤当年过宝林桥题观音庵诗云："竹外长桥过水西，尼僧接构礼菩提。自知禅味多清淡，莫向扬州问阇黎"。桥头原置城门，名为"宝林门"，东吴赤乌二年（239年）修建，后倾圮。明崇祯年间，县令方永昌为防御张献忠义军，

宝林桥

建关隘十二处，并首建宝林关。在宝林门旧址处，曾掘获匾额一块，上刻“宝林门桥，赤乌二年立”字样。民国四年（1915 年）该桥将圮，地方人士募款维修，于次年冬修成。维修时又发现石刻一块，上有“元至正辛巳仲冬，宝林寺住持佛光、慧明、无尽三僧劝募重建”字样，可见宝林桥应建于元至正元年（1341 年）以前。民国五年，在重修宝林桥后，邑人又重修了宝林门，由江克让题“宝林门”三字勒石。今宝林门已随老城墙一同拆除。

原观音阁内藏有《重修宝林桥记》碑刻，正书，为民国四年（1915 年）张德霈撰，黄树人书丹。

2012 年 12 月，宝林桥被安徽省人民政府公布为省级文物保护单位。

35 永安桥

永安桥，位于来安县城东 23.1 公里的三汊河上，始建于明天启甲子年（1624 年），由徽商叶福禄出资建造。后分别于清雍正甲寅年（1734 年）、民国癸丑年（1913 年）和 2016 年进行过三次大规模维修。

永安桥

永安桥为三孔石拱桥，呈东西走向，结构对称。桥宽 5.6 米，长 44 米，中拱跨度 8 米，两个边拱跨度 5.6 米。桥身全部以块石为材料砌筑，桥面以条形块石铺就。现在此桥仍是来安县独山乡与南京市六合区之间的重要津梁。

永安桥是来安县境内唯一的一座古桥，迄今保存较为完好。作为历史遗存，既反映出劳动人民的智慧和民间爱桥护桥的良好社会风尚，也是徽商慷慨解囊回馈社会的见证，它的身上留有“徽骆驼”的足迹，体现了“以义制利”的徽商精神。

2017 年 6 月 29 日，永安桥被滁州市人民政府公布为第五批市级文物保护单位。

36 庙桥

庙桥，坐落天长市大通镇双柳村龙庙村民组。始建于清代，为单孔石板桥，由龙华禅寺（原龙王庙）僧人捐资修建。

该桥位于一条无名小河之上，所处位置低洼，东北 200 米外的高地上为龙华寺建筑群，东 100 米外为梁庄，西北 300 米外为梁家营，西 300 米外为南营庄。该桥长 12 米，宽 2 米，为单孔弓形桥，桥面有三层石板铺砌，顶层石板之间用铁构件连接，保存完好。

2011 年 9 月，庙桥被天长市人民政府公布为文物保护单位。2017 年 6 月 29 日，该桥被滁州市人民政府公布为第五批市级文物保护单位。

庙桥

37 尊胜禅院

尊胜禅院，位于来安县城北 12.3 公里的大庵山西麓，始建于元顺帝至正二年（1342 年）。据墓志记载，先是由一名叫尊胜的老僧来此传法，后驻锡此地而得名。当时的尊胜禅院颇具规模：高大山门，三进庙宇，法幢林立，僧侣成群；天井、经楼、钟阁、方丈室等僧房共计九十九间半。相传，当年这位住持高僧，不仅恪守佛家戒律，对自己要求严格，而且独具慧根，在弘扬佛教传统的同时，借鉴其他寺院优良道风，寺院内终日香火缭绕，佛事兴隆。

明清两朝，尊胜禅院一直被称作吉祥庵或吉祥寺。清道光《来安县志》载："（吉祥庵）创自元至正二年。倚山壁构殿，两旁禅室斋堂悉自上而下因势为台砌，中殿侧为山门，题额尊胜禅院。游者取道舜歌山脚地藏庵前，迤西竹树盈十亩，苔茵草径，履藉无声。殿前桂二株，可荫数亩，殿后石壁峭立，古树槎枒，下有泉，大旱不竭。"

吉祥寺历史上做过几次大的修缮。明隆庆三年（1569 年）十二月的修缮规模较大，一直持续到次年五月。隆庆进士、邑人郝孔昭有《重修吉祥寺记》。明天启初年，在原来的基础上又作修葺。天启二年（1622 年），尹梦璧从滁州判官转任来安知县，他在游历吉祥寺后，对寺中古井“琉璃井”赞不绝口：“汲而尝之，既芳且洌，非尘间味也。”于是在井上构亭，取名“漱芳亭”，并作《漱芳亭记》。尹梦璧还留有一首《憩吉祥寺》诗：“暂于琴署谢尘缘，投体空林一问禅。数去诸天经几劫，坐来半日似长年。环中好韵风鸣竹，方外清谈舌吐莲。世味从来尝不尽，只应邻井汲芳泉。”

此前，尹梦璧任滁州判官，曾命名“滁州十二景”，并逐一题诗勒石。在来安任职亦不例外。他将来邑名胜风光归纳为琉璃日影、玉石霞光、沙河带练、石固呈祥、五湖环秀、八石仙踪、舜歌樵乐、天竺迎晖、龙泉云气、马岭风声“来安十景”，其中第一景“琉璃日影”即指吉祥寺，并题诗云：“劈开灵秘是何年，涌出谯南一勺天。日光恍疑灯吐焰，云根传与海潮连。分尝野席

尊胜禅院

还醒醉，汲供山窗好悟禅。不敢傍栏频照影，恐惊潭底老蛟眠。”清雍正八年（1730年），江西新建人伍斯瑸任来安知县，他关心民瘼，实心任事，不但讯鞫疑狱、督修水利，还主持纂修第四部《来安县志》。所作“来安十景”诗与尹诗有着明显的风格差异。

尊胜院碑记

尊胜禅院除了前文所说的开山祖师尊胜，明清还出现过三位高僧。一位是明代的德贤，号次哲，方志记载：“庵岁久荒落，德贤凿山开径，崇饰殿宇，时有甘泉再涌、枯桂重花之应。晚年历游古刹，尝说法于天台灵隐，缁流千里而至。”可见他对重建尊胜禅院的功绩和在广大信徒中的影响。另两位则是清初的海屿（号樵山）、海鲲（号借山），皆梵行清严。

来安与南京仅一江之隔，清康熙年间，康熙皇帝的发小、时任督理江宁织造的曹寅（即《红楼梦》作者曹雪芹祖父）曾造访江北的尊胜禅院，并亲撰《尊胜院碑记》，对该禅院数百年所历兴衰及规模作以描述。曹寅在《碑记》中盛赞住持僧德贤："次哲法师者，戒品森严，法眼明澈。"曹寅去世10年后，继任住持于康熙壬寅年（1722年）四月十六日，专门请人将《尊胜院碑记》书丹勒石，碑高约2米、宽76厘米、厚17厘米，碑额篆书"普门示现"四字，碑身嵌入厚重的底座上，背面刻有《事要附刊》。

尊胜禅院占地面积15333平方米，建筑面积797.86平方米。在建筑布局上，采用中轴对称、依山取势、分群递升的格局。宽敞的厅堂与砖石叠砌而成的天井依次分布，木椽、柱础浮雕凸显，纹饰精致典雅、栩栩如生，房屋虽剩不多，但"行至幽厢疑抵壁，推门又见一重庭"。现址目前尚存有正殿、厢房、古竹园、古银杏、观音泉池、元至正五年禅院住持墓塔，以及曹寅《尊胜院碑记》残碑等。

2004年10月，尊胜禅院被安徽省人民政府公布为省级文物保护单位。

38 普济桥

流经天长市铜城镇的铜龙河（原滠水河）上，在已废的二帝宫庙宇西侧 20 多米处，清乾隆初期曾建有一座砖石小桥，以利南北通行。此处河岸较低，每遇大水，桥身即被淹没，经过约六七十年的河水侵蚀，桥基日渐松动，进入嘉庆年间即下陷坍塌。后镇人在此搭建一座小木桥以方便行人，然每年夏秋山洪暴发，木桥多被冲毁，南来北往之人只能依靠小船摆渡过河，车装驴驮的商贾和老弱妇孺过河则尤其艰难。

当年，河边住着一位挑水夫，姓曾名省三，孤身一人，世人都叫他为曾大。曾大天天从早到晚都要到河下挑水，以维生计，当他看到人们渡河的艰难，心里总是想，如果能在河上造座桥该多好啊。为了这一心愿尽早实现，他就更加起早带晚地为人家挑水，并且省吃俭用，节约开支，将积攒的挑水费投入扑满（聚钱瓦罐）。几十年下来，积少成多，积聚了几十贯钱，在他年近半百时，便往晤地方殊负盛名的缙绅，诉说自己的心愿，并将积蓄全部献出。缙绅深受感动，将此事公之于众，呼吁地方有钱人家共同捐资建桥，以襄善举。镇人在挑水夫曾大的感召下，无不慷慨解囊，缙绅又牵头成立建桥理事会，筹备建桥事宜，委派专人主持营造事务。经过两年多时间，于清嘉庆二十二年（1817年）农历四月将桥建成，始名“惠通”，继定名为“普济”，世人无不称颂挑水夫曾省三的无量功德。

普济桥的建成，方便南北交往，引来商贾如云，促进了铜城日渐繁荣，而且也为千秋古邑增添了一道绚丽的风景线，它与镇中的山海镇齐名，均成为铜城在历史长河中的见证。其桥总长23.4米，宽4.5米，高10米。桥之底层用等长圆木横竖成行紧密排列起来打入地下，然后以长方形石块涂上一层糯米汁逐层叠起，共五墩四孔。位于河床中的三墩面向西北的一边，其墩突出于桥身之处成一边角形约高8米，其上端称之为梭尖，洪水来时可以减少阻力，使洪水能够迅速通过桥孔东流，以减轻洪水对桥墩的

普济桥

冲击，从而保证整座桥的安全。突出如梭的桥墩边角之上，便缩回与桥面成垂直平砌。第二、第四两墩的梭尖上面镶嵌上两个石雕龙头，圆睁双目，张着大嘴，有欲吞山洪之势。设计的梭尖和龙头，含有示警作用：水平梭尖，示知河道下游两边圩区，急需采取保圩措施，以防溃堤；水平龙头，警示水将漫圩，圩区农户应立即采取确保人畜安全之举动。桥面每截由 9 块宽 50 厘米、长 4 米许的长条石铺成，每块条石下均垫有斗粗横梁，以防承受重压而导致断裂。桥面两边凿有石榫安装石雕栏杆，石雕每边各 15 块，高 65 厘米，每块均雕刻有十分隽美的画面，饱含祥瑞之意，如芝兰齐芳、佛手如意、祥云环集、螽斯衍庆、五蝠骈臻、鹿鹤共鸣、犀牛望月、双凤朝阳、古乐双钱、回纹锦绣、鹿衔灵芝、麒麟送子、松鹤长春、丹凤戏牡丹、福禄寿喜财，等等。特别是中间的两块，东边是鲤鱼跳龙门，西边是临空拱桥，下泛清波，上游云龙，栩栩如生，工艺精湛。每块浮雕之间均镶竖着一块一米高、头饰莲花的石柱。桥栏东西两边南北两端以一半圆形石鼓与石雕桥栏相连接，并在东西两边南北两端的第二根桥栏石柱上各置一尊石狮，显得十分威武。此外，在桥正中西侧临空拱桥浮雕两旁的石柱上还镌有一副对联："南北分吴楚；长虹贯古今。"气势磅礴，书法娟秀，为大桥增色不少。

普济桥建成逾 200 年，经历了清、民国的社会动乱，烽火频仍，可古桥依旧坚实如初，姿容不改，盖因其设计与建造十分考究故也。然而在漫长的岁月中，普济桥也饱经沧桑和劫难。特别是在民国 28 年（1939 年）和民国 30 年（1941 年）的两次日寇飞机轰炸中，桥面上两根长条石被炸断，桥端石柱上的石狮、桥栏浮雕画面也

桥栏精美石雕

多有破损。“文化大革命”期间，造反派以破“四旧”为名又将建桥记事碑扳倒，后为农户取回做门前垫脚石，直至1983年撰修《铜城镇志》时，才又煞费周章将其找到，然已多处斑驳模糊，后来终致破碎报废，诚为可惜。粉碎“四人帮”后，地方政府曾予修葺。1986年12月12日，普济桥被天长县人民政府公布为县级文物保护单位；2012年12月26日，该桥被安徽省人民政府公布为省级文物保护单位。

39 女山古戏台

女山古戏台，坐落在女山湖镇西，距明光市东约 35 公里，傍依女山湖畔，坐南朝北，整体式样为“硬山两坡水式”盖砖脊，两端升起，原有大吻（现存吻座），小瓦合瓮，泥面，青砖墙体。它的对面是另一座古建筑——火神庙。

该戏台始建于清咸丰末年，至同治初年（1862 年）建成。它

女山古戏台

原系火神庙的附属建筑，设计手法为“倒座式四合院”制。面阔、进深各三间，戏台立面通高11米，通面阔10米，通进深6.5米。其中明间阔4米，两次间面阔均为3. 5米。柱网布局工整，构架用“五架梁前后出单步”，明间是戏台，大而宽敞，地面为木制地棚，供演员表演用，次间地面为砂质夯土面，供演员化妆与文武场伴奏使用。屋面覆以小青瓦，垒法用“压六露四法”，其下用木椽、望砖及泥质苔背基层；墀头与正脊两端均为砖雕。墙在正背两面留有漏窗。戏台下面用砖砌一暗层，原高约2米余，现仅剩1米高的空间。台面有立柱，皆支撑于石础之上，通体建筑庄重典雅。戏台正面围有500平方米的院落，以备观众看戏之用。

1982年8月，女山古戏台被嘉山县人民政府公布为县级重点文物保护单位；2004年，古戏台被安徽省人民政府公布为省级文物保护单位。

40 火神庙

火神庙，位于明光市东35公里女山湖镇西，坐北朝南，主体式样是砖瓦抬梁式木结构。火神庙正门对面为女山古戏台。

火神庙，始建于宋，现存建筑为清代重建。该庙前进东山墙下方嵌有捐款情况介绍的功德碑一块，长1.2米、宽0.8米，篆额"山河并寿"，落款有"乾隆十八年□月立"字样。

女山湖镇旧为县治所在，人祀火神以求平安。宋乾德四年（966

火神庙

年）置招义县，太平兴国元年（976 年）改招义县为招信县。汪雨湘先生编纂的《嘉山县志》手稿载，火神庙于清咸丰末年延至穆宗载淳同治年间重修（即与兴建古戏台同期）。现存二进院落，前进三间有轩，后进三间。前进通面阔 12.8 米，通进深 5.8 米；后进通面阔 12.8 米，通进深 4.55 米，总占地面积 400 平方米。原庙内置有释迦牟尼佛、观音、十八罗汉等塑像，“文化大革命”期间被毁。该建筑现作为女山湖镇文化中心活动场所。

1982 年，嘉山县文化局拨款维修火神庙；同年 8 月，火神庙被嘉山县人民政府公布为县级文物保护单位。2004 年，火神庙被安徽省人民政府公布为省级文物保护单位。

41 炉桥“桥上桥”

炉桥“桥上桥”，又名百炉桥、北炉桥、五孔拱桥。位于定城西45公里炉桥镇西头，跨窑河支流之上，是通向寿县、淮南市的首桥。桥长45米，宽3.7米，高4.4米，是砖石结构五孔拱形桥，部分砖首有阳文“桥”字，白条石栏杆，条石上刻有莲花花纹，所有榫缝之间均塞有铁片，非常坚实。桥两头原有碑刻十余方，现仅存几方碑座和碑额。

据明代建桥碑文载：三国时曹操在此屯兵，兴建百炉冶炼兵器，为运输方便而建此桥，百炉桥和炉桥镇由此得名。年深日久，河床淤塞，桥身下沉，直至淤没。宋代在桥上建七孔红石板桥，又被淤没。明代在桥上又建一桥，就是现在的五孔砖石拱形桥。1984年，省交通厅拨专款组织人力发掘西头一孔的下方，果见桥下有红石桥板，后遇雨淤泥复平，没有继续发掘。因三桥相叠，当地人习惯称之为“桥上桥”。古炉桥“冶溪八景”远近闻名，分别是黄山积雪、龙潭烟雨、慈寺晚钟、东郭松涛、重桥映月、西河柳浪、凤岭晴岚、淮浦归帆。冶溪为炉桥最初的称呼，如今“八景”大多消失，惟“重桥映月”景观可寻。

关于“桥上桥”的由来，流传着一个有趣的传说。

北宋年间，在炉桥寿州街钮记客栈，一位须眉花白的老人顶着傍晚鹅毛般纷飞的雪花，领着几名伙计，推着三辆独轮车前来

“桥上桥”石构件

投宿。时近年关，阴风怒号，上下一白，大雪连续下了三天三夜。老人见天不住雪，付给伙计盘缠，打发他们回家。三天里，老人同钮老板天南地北聊个没完，彼此都有相见恨晚之感。钮老板觉得老者真乃博古通今的商海高人，老人也佩服这位三十来岁的年轻店主见识独到。此次老商人是从江西收购三车金金菜（据说是一味中药）回山东老家，遗憾的是风雪阻挡了归程。

又是五天过去，雪花依然飞舞，老人只好请钮老板立张字据，把三车金金菜寄存在客栈。次日清晨，码头话别，老人拉着店主的手一边称谢，一边再三嘱咐："我如不来取货，药价不涨到 15 两银子一斤，你可千万别卖！"说完，老人消失在茫茫的浓雾中。如此天价，店主暗笑老人未免贪婪和愚蠢，但受人之托，忠人之事，且把三车货物收藏妥当便是。

春天来了，南方的燕子又回来了，炉桥寿州街车水马龙，存货的老人还没来。寒去暑往，第二个年尾不觉又来到了，可存货的老人杳无音信。钮老板焦急地期盼着，又托人打听金金菜的价钱，可是 15 两银子一斤笑掉了别人的大牙。

这一天钮老板酒醉初醒，见太阳还有一竹竿高，遂步出了寿州街，来到了窑河西畔。但见落日下新坟座座相连，白幡飘摆，哀号遍野。他清楚，这是一种呼吸道传染病瘟疫流行于淮河两岸，生灵涂炭，不禁潸然泪下。没出半月，有医生能治瘟疫，需用金金菜作一味主药。药价一日高似一日，不到一个月便出价 15 两银子一斤！钮老板悲喜交加，打消心中疑虑。他打开了老人的货包。这一打开不要紧，可吓坏了全家老小——三车金金菜中竟然裹有黄金数千两！全家不敢声张。他们销售了金金菜，把钱和黄金悄悄地储藏起来，等候着老人前来“取货”。

钮家尚无子嗣，妻子十月怀胎，分娩在即。初夏的一个午后，钮老板在客栈前厅漫不经心地看书，正犯迷糊，抬头见一位老人向店中走来，须眉花白，面目模糊不清，似曾相识。老人逼问：“钮老板，我的货呢？钮老板，给我货吧！”钮老板吓得打了个寒战，睁开眼一看，佣人站在面前：“老爷，老爷！恭喜，恭喜！太太生了个少爷！”钮老板苦笑：“唉，讨债的来了！”佣人一脸的迷惑。

少爷长到5岁，还是没人来取货；少爷长到10岁，还是不见取货人。少爷长到15岁，取货的人还是没有来，钮老板购置田产5万亩。少爷长到20岁，还是不见取货人，钮老板在皖西购置了茶山800里。然而，他却开始伤心落泪，原来儿子钮小平，人送外号“钮大胖子”，游手好闲，不学无术，吃喝嫖赌成性。钮老板前想后虑，泪水浸湿了衣衫。他最终决定用得来的意外浮财——三车金金菜的货款和药中的金条，为地方百姓造福，在炉桥寿州街东西三道河上重新建造三座拱桥。原有的桥建于三国时期，因年久失修，毁坏严重，河床又淤积抬高，行船不便。他请来能工巧匠，又从外地运来上等的砖石，在旧桥处施工。不足一年，自东而西建成了五拱桥、三拱桥、七拱桥，上能行车，下可航船。钮老板了却了心中大事，驾鹤西去。儿子钮小平仍旧恶习不改，先是卖掉800里茶山，后又输掉5万亩良田，沦为乞丐。

幸存的五拱桥到“文革”前依然完好，桥面用石板平铺，两边架有石栏杆，石料为花岗岩，是凤阳山所没有的。每块石料皆有规则的几何图形。柱石上方雕有精美图案，有芙蓉出水，荷叶相伴；有白鹭惊起，水波荡漾；有王冠一顶，一展君临城上的威严；有雄狮出涧，啸傲山谷……两端桥头立有17块碑刻，记述炉桥历史上的重要事件和仁人志士的各种义举，蔚为壮观，极具史料价值。“文革”时期，五拱桥被当作封建“四旧”横加清扫，疯狂的人们砸碎了17块碑刻，拆除桥上石栏，还炸毁了南半截桥梁。现在仅剩下桥东一米多完好的桥基和桥上北面西边几节残损的石栏，仿佛在诉说着历史的沧桑。

42 池河太平桥

定远池河大桥，明代开国皇帝朱元璋赐名“太平桥”，位于定远县城东30公里的池河镇，横跨于池河之上。明嘉靖《定远县志》载：“太平桥，洪武八年知县朱玉奉旨造，赐名。县东六十里。”桥为联拱石构桥，共十一拱相连，长139米，宽7.5米，高9.65米，白石栏杆，当初桥东西两头栏杆立柱上分别雕刻有9对石狮，形态各异，栩栩如生。桥右设五彩洞，桥两头建水门洞各一个。太平桥初建时设计工巧，砖石结构，建造采用干修法，堆土券桥孔。桥墩皆以红色大条石为缘边石券砌而成，用糯米汁和石灰灌注，中填塞囊石为粗糙、短小的石料，十分坚固。

据记载，池河太平桥分别在清道光六年（1827年）和光绪四年（1878年）因水冲损圮而补建、重修。清《定远县志》记载：“太平桥，池河镇西，地通驿道，洪武八年知县朱玉造，道光六年冲圮，七年补建。今桥面剥蚀，石栏亦毁，址尚完固。”抗日战争时期，国民党桂系部队为阻日军西进，将桥居中一孔炸毁；解放战争时期，国民党军队为阻止解放军南下，将桥中间另外二孔炸毁，造成桥中间三孔毁坏，桥上石狮荡然无存。1985年，太平桥毁损严重，

池河太平桥

定远县人民政府明令禁止太平桥通车。2004 年 10 月 28 日，池河太平桥被安徽省人民政府公布为第五批省级文物保护单位，2014 年完整修复。2019 年 10 月 7 日，该桥被国务院核定并公布为第八批全国重点文物保护单位。

现在的太平桥基本保存原有的建筑风格，是安徽罕见的最宏伟的古代石拱桥，具有较高的文物价值。清光绪《凤阳府志》记载："（太平桥）长四十四丈，广三丈八尺，高三丈六尺，十有三孔。"至于原来的十三孔为何变作今日的十一孔，据人们实地考察后推断，由于池河多沙，常年淤积，太平桥东西两端的二孔极有可能是湮没于沙土之中，并未减少。真相如何，有待将来的考古发掘。

古镇池河，自古就是连接南北的交通要道。明、清以来，这里既是明朝皇帝从南京到凤阳祭祖扫墓中途食宿的中转站，又是南北官道途中换马的驿站，连接池河两岸的太平桥是江淮之间一道重要的陆路交通桥梁。每到洪水季节，池河上游来水凶猛，遇太平桥墩阻挡后喷涌而下，如十三条巨龙怒吼着飞腾而去，有雷霆万钧之势，锐不可当，令人身心战栗，叹为观止。

池河太平桥南侧的新大桥建成通车后，太平桥桥面被改造利用为肉食、水产专业市场。东与池河镇主街相连，西与粮行、西瓜市场相通，此间，小商贩的小型机动车和农用机动车依然通行于太平桥上。1988年，池河交易所集资2万元，在桥面北侧搭建砖石结构固定营业间30个，总面积约320平方米，桥东经营水产品，桥西经营肉食，逢集时赶集者逾上万人次，皆集于太平桥桥面。1991年7月6日特大暴雨后，7月9日出现历史上最大的洪峰，为20世纪90年代其余各年平均流量的5倍，1998年7月2日暴雨后最大一日洪峰流量是20世纪90年代平均流量的近2倍，池河新桥全桥淹没，长达数天，而水位只平太平桥桥面。两次洪峰，沿河上游许多房屋倒塌，而太平桥除桥面和桥墩分水尖因上游漂流物撞击局部损坏外，其他基本完好。

池河太平桥的建筑艺术和历史价值引起桥梁专家的关注和赞叹，在地方志和研究者的著作中有很多记录。茅以升主编的《中国古桥技术史》一书，多次提及“安徽定远池河桥”，把池河太平桥与卢沟桥并列，附图两张，并作简介：“池河大桥，原名太平桥，位于安徽定远池河镇西官驿道上，跨池河，十一孔石拱桥，明洪武八年(1375年)知县朱玉造……传说桥成时有书一联于桥柱:‘灯明月明，大明一统；军乐民乐，永乐万年’。”在唐寰澄编著的《中国古代桥梁》，卢嘉锡总主编、唐寰澄编著的《中国科学技术史·桥梁卷》中均收录了该桥的基本信息。明代洪武年间的建筑，多呈现两宋文化特征，当时遗存的建筑珍稀，史料价值很高。据有关专家介绍，安徽现存古桥千余座，像定远池河镇洪武年间修建的厚墩联拱十三孔(今仅见十一孔)太平桥，仅此一座。池河太平桥是工程实体，也是文化与科学的物质体现；它融生活实用性、观赏艺术性、人文纪念性为一体，见证了当地历史的发展，展示出中国古桥建筑史上的高超技艺。

明代以来，池河渐成古驿道上的重镇，官来商往，旅店林立，逸闻轶事，口碑相传，其中店小二考死杨主考的故事至今为人津津乐道。

相传洪武初年，京城举行大考，一位杨姓主考大人敲锣打鼓前往南京上任，路经池河镇住宿，忙坏了当地官员和驿店小二，小二看在眼里，气在心里，想办法要将他一“军”。原来店小二是个学富五车的穷书生，只恨无资赴考，心中窝火。眼瞧见杨主考目中无人的臭架子，愈是心气不平。于是眉头一皱，计上心来，在上茶送水时，店小二请求：“主考大人，我想出个对子，请大人指教可以吗？”杨主考听在耳里，笑在心里：“你有本事拿出来吧。”店小二一本正经地说：“池河无水也可。请大人指正。”杨主考一听上联,脸色有些尴尬,感到这是一副很难应答的“绝对”。左思右想，一时实在对不出来。晚上，杨主考闭门苦思，绕室沉吟，直到天亮，还是对不出妥帖的下联，心想：一个堂堂大明主考官，给一个乡下店小二难倒，如被文武大臣、黎民百姓知道，岂不笑掉大牙？一气之下，上吊自杀了。

又过了三年，一个李主考也路过池河歇店，因为早先就听人传说“店小二考死杨主考”的事情，不敢大张旗鼓地进镇，就悄悄地来到附近的“杯桁桥”，既实地掌握了“池河无水也可”的上联掌故，又对下联作了推敲。晚上，李主考请来店小二谈心，很客气地问：“听说你三年前出了个对子，难倒了上科杨主考，我是本科李主考，你看我能不能对呢？”小二看到李主考平易近人，态度诚恳，就虚心地说：“请大人赐教。”李主考说出下联：“杯桁去木不行。”店小二一听，拍手叫好：“对绝了。”

原来，太平桥建造之前，池河上曾架设有一座木桥，名叫“杯桁桥”。“池河”与“杯桁”去掉偏旁，就成了“也可”与“不行”。

43 自来桥

自来桥，位于明光市东南约45公里自来桥镇街道南隅，始建于元至正元年（1341年），清雍正五年（1727年）重修。现桥基和桥面基本完整，桥栏杆损毁，两端的石狮子已不存。该桥为单孔石拱桥，长12米，宽4米，矢高6米，券跨5米，采用顺丁式券门砌法。据该桥碑文记载和筑桥手法推断，该桥的建筑年代为清代早期，依稀保留明代韵味。

桥址所在自来桥镇，清朝以前称作太平庵，因境内自来桥而得名。《盱眙县志》记载，自来桥“为滁州来安大路，桥石系大水流至，故名”。早在元代以前，这里就是著名的两淮赴六合的古道。自来桥桥面由一巨石铺成，长3.88米，宽1.6米，该桥面石就是传说中飞来之石、水载之石、神奇之石。相传，小镇早年有一条清水河，枯水季节河水浅，两岸过往行人脱鞋卷裤涉水即可过河；梅雨季节，山洪暴涨，过往行人望河兴叹，须绕很远的道，十分不便。河上也曾架过木桥，可洪水一下来就给冲毁了；再架，第二年洪水下来又给冲毁了。

北宋时有一年秋天，大将军呼延庆要到王村（今白沙王）探望舅舅，见两岸百姓过往十分麻烦，就在太平庵住下来，召集当地有钱大户出钱、百姓出工建一座石桥。当桥基建成后，桥面却无合拢石，周围虽然山多，但大石头都是圆鼓轮墩的灰麻石，或是不耐压的沙尘石，必须到较远的地方去采。可无论是到老嘉山、中嘉山、鲁山或是龙山，最近的也有 40 多里地，就是有合适的合拢石，当时当地也无运输能力。呼延庆无奈，最终还是采用木质桥面，结果只撑了两年就被一场山洪给冲毁了。从那以后，就留下了两个石桥墩。

1853 年夏，洪秀全部下两员大将林凤祥、李开芳率太平军精锐部队二万余人从扬州出发，实施洪秀全的北伐计划。路经太平庵，无意间听老百姓说起当年呼延庆帮助建桥之事，林、李两将商议后，将部队驻扎下来，决心要把这桥修好。林、李两位将军带领军中几名干过瓦匠、木匠、石匠的士兵和几名偏将前往桥墩处察看，后又快马四处寻找合拢石。第二天早上有人返回禀报，涧溪以东的龙山上有一块花岗岩石，石质坚硬，体积巨大，几乎是天生的一块桥面合拢石，只是无法运回。两位将军正犯愁呢，军中一名偏将略通天文，他说近期有几场暴雨，定会引起山洪暴发，到时借暴涨的山洪，用人顺溜拖来，可使石桥合拢，两位将军采纳了那位偏将的建议，派人去上游开采这块巨大的花岗石，另派人多准备粗长的麻绳。可是一连几天都是烈日当空，而此时北伐任务也紧急，正不知如何是好时，第六天午饭后突然乌云滚滚，电闪雷鸣，倾盆大雨下个不停。机会来了，林、李二将军按原计划立即派人冒雨行动，同时命令全军在石桥合拢后连夜开拔。

翌日，雨过天晴，河水渐退，人们发现一块巨大的花岗石，

自来桥

横担在桥基上。消息传遍全镇，观者无不称奇。人们七嘴八舌，说太平军为太平庵百姓做了件大好事，赞不绝口。大家又主动捐款在石桥的两边砌上石栏杆，桥的两端立了石狮。从此自来桥远近闻名，人们遂把太平庵改名称作“自来桥”。

自来桥古镇地处两省四县的绵绵群山之中，又为盱嘉至滁来必经之路，抗战时期一度成为新四军江北的重要根据地之一。1939 年 5 月，汪道涵在自来桥代表上级党组织批准成立中国共产党嘉山县第一个党支部，由金石同志首任支部书记，还在这里创办青年讲习所，培养革命同志。1940 年 3 月中旬，中共嘉山县抗日民主政府正式成立，县政府就设在自来桥镇，汪道涵同志任嘉山县第一任县长。

44 浮山堰

浮山，又称临淮山，坐落在明光市北 55 公里处的柳巷镇浮山村小刘组，北枕淮河，距江苏泗洪县城40公里，距五河县城20公里，隔淮河与五河县巉山相对。据《太平寰宇记》载：“山下是穴，淮水泛滥时，其穴即高；水减时，其穴即低。其山似浮，故名浮山，一名临淮山。”

相传东汉末年，三国争雄，曹操率兵路过此地，见山势险要、众河交汇的奇景，便口占一联：“登浮山，望五河，五河五道河：淮、浍、漴、潼、沱。”当时无人答出下联，遂成绝对。直到数百年后，方才有人用三国故事对出下联：“坐西蜀，点众将，众将众虎将：关、张、赵、马、黄。”

浮山山顶原有古灵岩寺，曾经香火鼎盛，门庭若市，唐代诗人白居易《宿灵岩寺上院》诗云：“高高白月上青林，客去僧归独夜深。荤血屏除唯对酒，歌钟放散只留琴。更无俗物当人眼，但有清泉洗我心。最爱晓亭东望好，太湖烟火绿沉沉。”宋代文学家苏轼由颍州调任扬州知州途经此地，曾撰文描述浮山奇观，并作诗题咏《浮山洞》：“人言洞府是鳌宫，升降随波与海通。

共坐船中那得见，乾坤浮水水浮空。”

浮山位于淮河南岸、明光市最北端，因与五河县的巉石山隔河相峙，地势十分险要，是历来兵家必争之地。史书云：浮山峰势，标奇耸秀，襟淮带潼，捍塞水门，关锁风气。《资治通鉴·梁纪三》载，梁武帝天监十三年（514）十月，北魏降将王足向梁武帝萧衍献策，请求以水代兵，“堰淮水以灌寿阳”，淹没魏军。武帝采纳，命水工陈承伯、材官将军祖暅视察地形。陈、祖二人都说：“淮水中沙土松软流动不坚实，工程无法完成，派不上用场。”武帝违背客观规律，派假太子右卫率康绚监督，征集徐、扬二州民夫，加上士兵共达二十万人，南起浮山，北抵巉山，依岸筑土，合垅于淮水中流。次年四月，浮山堰修成后，果然崩溃。有人说是蛟龙破坏的，蛟龙怕铁。于是，又运来几千万斤铁器沉在河里，但也没能使坝合垅。又伐木做成井栏，把大石头填进去，在上面加上土，以此截流筑坝。因此，沿淮一百里内的树木、石头无论大小都被掳掠

浮山堰

堰体文化层

一空。劳工们的肩膀被磨烂，夏天疫病流行，死掉大量的劳工，遍地都是尸体，苍蝇、蚊虫聚集不散。费时一年，至天监十五年(516年)四月，浮山堰筑成，堰长九里，下阔一百四十丈，上阔四十五丈，高二十丈。堰上植杞柳、建军垒。堰堵淮水，淹没上游大量农田。魏军屯据山岸，并无损失。九月十三日，淮水暴涨，堰又被冲溃，其声如雷，闻三百里，沿淮城戍村落并二十万军民，皆漂入海。千百年来，每当人们提起这一违背客观规律、祸国殃民的罪恶之举，对萧衍、王足之流无不咬牙切齿，愤恨不已。

史学家称浮山为淮河第三峡：一峡为凤台县峡石山与八公山；二峡为怀远荆山与涂山。浮山乃淮河中古渡口之一，是重要的水陆交通枢纽和历代兵家必争之地。

浮山堰周围散落有明代嘉靖圣旨碑，以及清代碑刻部分残片。浮山西侧峭壁亦有摩崖石刻大字，北侧峭壁下分布古景仙人洞、钓鱼台、烈马缝和纤夫踩磨的羊肠小道等。

2017年6月29日，浮山堰遗址被滁州市人民政府公布为第五批市级文物保护单位。

45 阮氏宗祠

阮氏宗祠，位于全椒县城西南 20 公里，二郎口镇（原赤镇乡）大阮村东北角。

阮氏宗祠始建于清代中叶，当年规模宏大，雕梁画栋，富丽堂皇。祠内设祖宗牌位，祭阮氏列祖列宗。门前有一对石雕雄狮护卫，显得宗祠威严庄重。

祠之前方，原有高大石质牌坊一座，坊额镌刻“周氏节孝坊”五个大字，建于清道光年间，系为旌表阮芝泉妻周氏所立。旧时，每年阮氏子孙均定期来祠堂、节孝坊祭扫凭吊。祠之西南侧，民主人士阮明曾在此建筑过园林式别墅，因园内周围广植花木果树，因名“广果园”。“广果园”三字门额，乃戊戌变法代表人物、清代著名书法家康有为所书。匾额真迹尚存，现为阮氏后裔阮百川所收藏。

祠之正南，有唐时建造的新兴寺，寺内墙上有唐代珍贵壁画，寺之东有清代砖石宝塔一座，俗称愿穷塔。可惜周氏节孝牌坊、广果园、砖塔、新兴寺，均毁于 20 世纪 60 年代的人为破坏。阮氏宗祠亦有不同程度的损坏和改建。

阮氏宗祠今存建筑为四合院格局，正屋两进，每进五开间，两侧各有厢房两间，共存房屋十四间。阮氏宗祠现为全椒县仅存的一座清代祠堂。1981 年 6 月，阮氏宗祠被全椒县人民政府公布为县级重点文物保护单位。

阮姓，乃全椒名门望族，历史上为儒林官宦，人物辈出。其中，以近代民主人士阮明最为著名。

阮明，字哲符，1889 年出生于赤镇大阮村。1918 年全椒县立中学毕业，入南京两江高等师范（东南大学前身），后留学日本，毕业于明治大学法科，参加过孙中山先生所领导的同盟会。回国后归里，任县劝学所所长。后在广东参加第一次国内革命战争，任李济深机要秘书、北伐军留守处少将参议、安徽省军事特派员、国民革命军军事政治特派员。1929—1930 年任浙江省海盐县县长。

阮明十分痛恨侵华日军，1932 年，在上海他与朝鲜民主党派

阮氏宗祠

领导人赵素昂秘密谋划，炸死日本侵略军首领百川大将。

1933年11月20日，中华苏维埃共和国临时中央政府在福建成立，李济深任主席，阮明参与政务。“七七”事变，阮明到处奔走，积极从事抗日活动。

1943年春夏之交，阮明由大后方只身回皖进行策反，到蚌埠与伪省长高冠吾纵论大局，促其抽身。后又赶回全椒城，向伪县长晓以大义。1944年春节后的一个夜间，阮明被日、汪特务谋杀。

46 国光楼

国光楼，位于全椒县城襄河北岸，今全椒三中东南侧，东有涌金桥，西有积玉桥，中为泮池，前方为新建的河滨公园，襄河环绕如带，沿河植柳，波光掩映。国光楼是全椒古城保存完好的明代建筑之一。

该楼原名尊经阁，始建于明隆庆六年（1572 年），为县令严

国光楼

汝麟所建。民国九年（1920年）《全椒县志》记载："严汝麟，浙江归安人，进士，隆庆六年任，下车问民利病，次第施行……尤留意学校，建尊经阁于学东……公余，校诸生以艺，日有计，月有程，人文彬彬矣，文运大启。"明清以来，国光楼一直是士人读书讲学和文人墨客吟咏之所。明万历十六年（1588年）、清顺治十年（1653年）、康熙四年（1665年）多次重修。清嘉庆年间（1796—1820年）第四次重修时，更名"奎光楼"，券门上嵌有"奎光楼"三字石质横额一方，现今尚存。辛亥革命之后，始名"国光楼"。

国光楼分为基座、楼身两部分。基座系砖石结构，座中有东西走向的券门二道，基座高约10米，南北长约50米，东西宽约40米；楼身为两层木结构，高约16米，门窗镂空雕花，该楼重檐翘角，高大雄伟，十分壮观。楼因处于"面山临河，最为形胜"之地，儒林士人"望者心竦，登者神游"。

明代全椒进士杨于庭《尊经阁》诗云："巍巍台阁枕江干，暇日登临快壮观。凭槛恍疑天上立，开筵却在画中看。层檐高拂云光迥，六籍深藏斗气寒。最是狂夫飞兴逸，白云翘首望长安。"明代邑人金滢然诗云："层檐飞阁枕襄流，暇日登临此壮游。夹岸繁花撩客赏，隔林啼鸟破春愁。风移树影连波动，日带岚光向晚收。谁共倚栏看剑气，冥鸿千里思悠悠。"明代全椒进士彭梦祖、清代文人吴翯等皆有诗赞叹该楼的规模。清代著名文学家吴敬梓，青少年时代常登楼凭栏远眺，并在此与友人相聚，饮酒赋诗，读书论文。他在《儒林外史》中曾一再写到这里的风土人情和文人轶事，对此楼的宏伟规模，亦有详尽描述。楼侧原有魁星楼，早毁。

1981年，全椒县人民政府拨款重修国光楼，同年公布为县重点文物保护单位。1998年5月，国光楼被安徽省人民政府公布为第四批省级文物保护单位，并一度为全椒中学图书馆使用。同年，在国光楼下出土“仙苑”石刻残碑，“仙苑”二字，正楷，每字约50厘米见方，为宋代著名理学家朱熹所书。与民国九年（1920年）《全椒县志》“仙苑二大字，正书，无年月，朱熹书，在国光楼下”的记载完全相符。

明清以来，全椒文风鼎盛，人才辈出，国光楼正是椒陵文化传承的历史见证。

47 李鸿章当铺

李鸿章当铺，原名为“信和典”，位于定远县炉桥镇冶溪街西端与美人巷交叉口东10米处。现存门面房三间，建筑面积约50平方米，墙体、基础、梁柱仍保留晚清风貌。当铺原有的庭院格局不复存在。

《炉桥镇志》载，当铺系李鸿章第五位太太所开办。按照儒家“仁、义、礼、智、信”排列顺序，最小的太太只能用“信”字，

李鸿章当铺

所以当铺被称作“信和典”。相传，当年当铺在炉桥生意红火，其掌柜曾于清光绪二十六年(1900年)为重修炉桥镇冶溪书院捐款，事迹详见《重修冶溪书院碑记》介绍。紧邻信和典，旧为清代千总署，至今可见嵌于东西墙壁的碑刻。

炉桥镇地处合肥、滁州、淮南三市交界，拥有2000多年历史，为定远往来寿州、庐州古驿道之枢纽，早在秦汉时期即为曲阳县治，后魏时为南阳县治。《大元一统志·卷三》载：寿州东有北炉镇，西有正阳镇二巡检司。前清时镇上分别建有福建、山西、新安等会馆，商贾云集，市井繁荣。作为合肥望族、晚清重臣，李鸿章家人于炉桥镇设立当铺，想必与该镇特殊的地理位置与经贸繁荣有着直接关系。而同一时间，滁州城设立两家当铺，一在南大桥(俗称“南当”)，一在西门鼓楼街(俗称“西当”)，其资金背景亦为合肥李鸿章家族。

48 三塔寺

三塔寺，位于全椒县城西北 20 公里六镇镇六镇村境内，始建于隋大业年间（605—616 年），北宋徽宗大观元年（1107 年）在寺前建塔三座，因名“三塔寺”。一千多年来，三塔寺饱经沧桑，明洪武年间，塔被毁，而寺仍存，后屡有修葺。民国九年（1920 年）《全椒县志》载：“三塔寺，西四十里，隋大业间建，旧有三塔，宋大观元年造，故名。明洪武间，因谒泗、凤两陵，径取塔砖，甃毛汤桥，塔久圮。天启年间重修，杨宏宇有记。”

三塔寺是全椒县规模最大、佛像最多的寺庙，原有殿宇五进。一进为山门殿，二进为天王殿，弥勒佛坐像两边有联：眼前都是有缘人，相近相亲，怎不满腔欢喜；世上尽多难耐事，自作自受，何妨大肚包容。背面韦驮立像两侧楹联：三眼遍观天下事；一鞭惊醒世间人。第三进大雄宝殿，供奉释迦牟尼佛；第四进地藏殿，供奉地藏菩萨；最后一进为三世殿，分别供奉释迦牟尼佛、药师琉璃光佛、阿弥陀佛。

抗日战争期间，三塔寺门额被日军毁坏。1944 年前后，国民党皖东大本营所驻新桂系军队大肆拆庙建筑碉堡，三塔寺危在旦

三塔寺

夕，众僧万分焦急。一天，代理指挥官曹茂宗巡视途经三塔寺，在佛像前伫立良久，住持僧了明得知曹信奉佛教，遂抓住时机，殷勤款待，并随曹至古河，取得一张“佛教圣寺，严加保护”的告示，张贴寺前，才幸免于难。全椒解放前夕，全椒籍在县、省的民主人士利用该寺僧舍兴办了一所“全椒县农业职业初级中学”。新中国成立后，该寺一直被当地粮站占用。今存寺殿五进，每进五间，另有厢屋一间，共计 26 间。

清吴国龙《三塔寺》诗云：“偶过萧关息，悠然爽到秋。鸟为松子下，我以树香留。冗底观松简，嚣余觉寺幽。更欣新雨足，恰称小溪流。”现三塔寺内新辟有牡丹园，所植百株牡丹分别来自 4 个国家，共计 30 多个品种。

1981 年 6 月 10 日，三塔寺被全椒县人民政府公布为县级重点文物保护单位；1986 年，该寺被宗教部门确定为省级重点保护寺庙。

49 神山寺

神山寺，位于全椒县城西北 15 公里神山国家森林公园东南侧，今六镇镇境内，占地百余亩。始建于唐大历年间（766—779 年），历代均有修葺。原有前、中、后三进，现仅存前进楼房和中进大殿，楼为木质五间两层，楼殿间两庑回廊均完好。今殿内有唐代莲花石础，院内有柴王石井，石阶有龙纹石刻。民国九年（1920 年）《全椒县志》载："神山寺，在县西神山内，唐大历年间建。宋太祖从背山之策破滁，经此寺前，故白石阶皆龙纹。今尚存有石井，深七尺，凿石为之。父老相传，寺僧令工得石一升，与钱一升云。"循阶而入，大雄宝殿居高临下，气势恢宏，蔚为壮观。清乾隆十三年（1749 年）重修碑铭载："继山耸层奕涌出，法王殿巍峨接太空，俨然兜率院……"可见其时寺院规模。位于寺南两里处寺庙墓地新近出土的明万历四十四年（1616 年）碑文看，明晚期的神山寺僧尼甚众，香火旺盛。惜法王殿、观音殿后来毁于战火。

神山寺为云峰和尚开创，现寺院内的"惠峰双塔"即为铭记其功绩而建。旁有神仙洞，相传唐代有一不知姓名的道士居于洞中，以白石为餐。唐代滁州刺史、著名诗人韦应物有《寄全椒山中道士》诗："今朝郡斋冷，忽念山中客。涧底束荆薪，归来煮白石。欲持一瓢酒，远慰风雨夕。落叶满空山，何处寻行迹？"神山寺由此声名远播。

神山寺历来为游览胜境，山上古木参天，路转峰回，清泉淙淙。清人石照远有诗赞其美景："古刹何年创，空山岁月长。诗篇传刺史，石井话柴王。登眺峰峦碧，幽寻草木香。最添清兴处，鸟语弄笙簧。"柴王，就是后周世宗皇帝柴荣。为统一中国，他于即位当年，即显德元年（955 年）首先对南唐用兵，克寿州后欲再扫南唐都城金陵之门户滁州，遂派大将赵匡胤率大军秘抵全椒伏兵于神山，世宗且亲驾神山营地，命赵率军沿北山（今花山）进抵滁境清流山，配合攻滁。此役，赵匡胤大破李璟十五万大军，生擒其将皇甫晖、姚凤于滁东门外，遂克滁州。赵匡胤后为北宋开国皇帝，县志云：

神山寺

“宋太祖经此，从背山之策破滁。”因有两朝圣驾驻跸神山寺，故寺前溪流被称作御溪，寺前山凹称为藏兵谷，寺后山崖壁上镌立有柴王碑，院内石井亦唤作柴王井。宋太祖登基后，宋人在神山寺大殿前白石阶镌刻龙纹浮雕，三条巨龙栩栩如生，为神山寺留下永久文物。

神山寺地理环境十分独特，周边有各种树木400余种，名泉有荷花泉、龙鼻泉等，溶洞则有仙人洞、神仙洞、白石洞、团山洞、龙洞、青牛洞等。由于深受韦应物《寄全椒山中道士》一诗的影响，历代文人和名宦胡松、戚贤等都慕名来游，留下众多优美诗篇，丰富了神山的文化遗产，其中明嘉靖三十九年(1560年)全椒县令谢嘉、训导黎文治、乡贤彭璨同游神山寺，限韵吟诗八首，诗碑保存完好。

1981年6月，神山寺被全椒县人民政府公布为县级重点文物保护单位。1985年，该寺被安徽省人民政府公布为省级重点文物保护单位，并作为名胜古迹，收录《中国名胜词典》一书。

50 龙兴寺

龙兴寺，又名“大龙兴寺”，坐落在凤阳县城北凤凰山日精峰南麓，凤（阳）临（淮关）公路起点，始建于明洪武十六年（1383年）。该寺的前身是明代开国皇帝朱元璋早年出家礼佛的於皇寺，后改称皇觉寺，寺址在今龙兴寺西南 7.5 公里的二十郢村南。元至正十二年（1352 年），寺被元末农民起义军郭子兴所在军队焚毁，成为废墟。由于龙兴寺与朱元璋有着特殊的渊源，所以数百年来，一直成为国内名刹之一。

朱元璋 17 岁出家，托身于於皇寺四年。还俗从戎以后，“继为王，终为帝”，一直没有忘记於皇寺，总想把它修建起来，但又“恐伤民资”。罢建中都拆除宫室，有了材料，遂于洪武二十年（1387 年）召见原寺僧善祀，议建於皇寺事宜，因“旧寺之基，去皇陵甚近，焚修不便”，故移至今址新建。寺成之后，朱元璋赐名“大龙兴寺”，命善祀为开山住持，用以纪念发祥之地，亦藉以表达衣锦还乡之意。

《凤阳县志》载，龙兴寺初建之时，殿宇楼阁，规制宏丽，并有御制《龙兴寺碑》、御书“第一山”等珍宝。《明太祖实录》记载，有“佛殿、法堂、僧舍之属凡三百八十一间”。时人描绘

“梵刹西连万岁山”“梵王宫殿屹浮寰”，“蛟龙绝巘盘宇构，狮象诸天拱寺门”。虽然诗句有些夸张，却给当时龙兴寺辉煌留下了写照。朱元璋等人的关注，在一定程度上是龙兴寺兴建之由，也是其发展之力。

龙兴寺

龙兴寺建后不足60年，便于正统五年（1440年）焚毁。天顺三年（1459年），拆中都城内中书省衙门500余间，依样重建。以后屡毁屡建。清康熙十二年（1673年），寺院获得重修，并于康熙五十四年延请金陵宝华寺律僧携雯住持该寺。同治八年募款修了观音堂、客堂、佛堂。光绪二年（1876年），捐修三宝殿；五年筹资添修明太祖殿、禅堂、三宝殿券廊、东西廊房；八年在大殿后山腰盖了正、侧厅，钟亭等。至此，规模虽远非昔比，却也巍然壮观。

清末民国时期，战乱频仍，加之多年失修，龙兴寺破败不堪。康有为到寺游览，感慨不已，曾作《题朱元璋画像》诗："坏寺颓垣照夕阳，铜锅石碣甚荒凉。龙颜龙准开皇业，终尽僧房劫可伤。"

新中国成立初期，党和政府于1959年拨款修缮龙兴寺，基本保持光绪年间规模。"文革"期间，龙兴寺未能免遭浩劫，铜佛、菩萨、罗汉等塑像均遭破坏，朱元璋画像、铸像及众多题诗碑刻、字画散佚一空，山门、大殿等被占用单位改建，面目全非。仅存大雄宝殿、东西厢房、六角亭等60余间，龙兴古刹牌楼一座及明代铸铜镬、铜钟、铜鼓、明清碑刻等部分文物。

其中，明代铜钟悬挂于大雄宝殿东南角，原在寺后大钟亭内，明清时，每当红日西坠或旭日东升，"凤岭鸣钟"，其声悠扬，夜晚可远传十八里，因此古人把"龙兴晚钟"列为凤阳八景之一。明代铜镬共4口，对放在大悲亭后东西两侧，大的3人合抱，高与中等个人齐肩，曾作为炊具，有"做饭僧人登锅台"之说。明代铜鼓现藏太祖殿西侧暗间内，原为寺院僧人念经礼忏的法器，国内各大名寺皆用革鼓，而此寺独用铜鼓，实属罕见。

龙兴寺碑铭在宗教界有着广泛影响。一是御制《龙兴寺碑》，全文近千言，系朱元璋亲撰，将个人的生活经历、佛教以及宗教的宗旨、帝王治理天下的理念简明扼要地呈现出来，给我们展示了一幅中国传统文化的多维图景。二是御制《大龙兴寺律僧法》碑，是朱元璋为规范佛教徒行为而亲自制订的一部《律僧法》，共计26条，详细规定了僧人职责、寺院经济管理、寺院常规管理、僧人修行等诸多方面，内容详尽。广义上讲，《律僧法》是明王朝对于佛教宗旨、佛教徒行为规范、佛教寺院管理、佛教徒交往礼仪等方面进行管理的基本规范，也是当时佛教政策的一个缩影。

1981年9月8日，龙兴寺被安徽省人民政府公布为省级重点文物保护单位。1993年6月，凤阳县政府决定，将龙兴寺交还县宗教部门和僧人管理，并筹资予以修缮。至1996年底，先后复建明太祖殿、大雄宝殿、天王殿、地藏王殿、藏经楼及念佛堂、禅堂、寮房等200间，建筑面积6910平方米。其中，主体建筑大雄宝殿面阔31米，进深22米，高21米，规模宏大，气势雄伟，堪称安徽寺庙之冠。

51 张氏宗祠

张氏宗祠，位于凤阳县西泉镇考城老街西端路北，坐北向南，背倚凤（阳）淮（南）公路，东与王家祠堂比邻。张氏宗祠为纪念其始祖而建，张氏自明洪武年间从浙江金华徙定远，传至六世张智义，于明嘉靖间迁考城，被尊为始迁祖。该祠堂始建于清乾隆年间（1736—1795 年），清嘉庆年间钦赐翰林院检讨的张敦厚重修张氏宗祠。此后，道光二十九年（1849 年）、光绪元年（1875 年）、民国期间以及 2011 年在原基础上进行了不同程度的修缮。

祠堂为典型的清代砖木结构民居式建筑，通阔三间，院深三重，分别为仪门（门楼）、享堂（百忍堂）和寝厅。祠堂三进房屋均为砖瓦结构，整体呈现灰色调。祠堂门楼为三间，宽 10.75 米，深 5.65 米，中间为门道，两侧为耳房。正门位于第一进正中，门额题刻“张氏宗祠”，门有门框和上下槛，一对抱鼓石位于大门两侧，高约 40 厘米的门槛显得非常厚重，门枕与抱鼓石为整石凿成，抱鼓石图案雕刻精美。第二进为享堂，系木柱、木梁构架的单檐结构房屋，长 9.35 米，深 6.18 米，高 4 米，地面由灰色方块地砖铺成，上方悬有“百忍堂”堂号；享堂内壁嵌有清代节孝碑 2 块、圣旨碑 1 块，

张氏宗祠百忍堂

三碑均保存完好，铭文可辨，张氏族人以此为荣，属祠内重要文物。第三进为寝厅，全长 11 米，深 4.1 米，厅内安奉张氏祖先灵牌。

日寇侵华期间，考城老街建筑损毁殆尽，唯余此祠堂因日军占领使用而幸得保存，但屋内门窗、屏风、供桌、牌位等木制品均被烧光。“文革”破“四旧”时期，造反派对大门楼的门额、门簪、抱鼓石进行了严重破坏。2009 年经第三次全国文物普查发现后，各级文物部门高度重视，2010 年省文物局拨付维修专款，连同张氏族人集资，依照“修旧如旧”的原则进行了全面修缮。

作为凤阳县唯一保存较为完整的宗祠，该祠堂原有风貌保持较好。在 200 余年的岁月里，张氏宗祠历经风雨沧桑，仍然保持当初的建筑格局和建筑形制，为研究明清时期江南移民的民俗风情与移民后裔活动，提供了鲜活标本和有力凭证。作为研究移民与宗族文化的重要实证，该宗祠具有极高的历史价值。

目前，张氏宗祠由西泉镇张氏族人管理和保护。

2012 年 4 月 19 日，张氏宗祠被滁州市人民政府公布为第四批市级文物保护单位。

52 赤栏桥

赤栏桥，当地称大赤栏桥，位于凤阳县红心镇三里村小街组北 30 米处，东北距红心镇老街 500 米，西北向东南横跨于红心涧之上。因坐落在东西红心村之中，又名红心桥。

该桥始建于明洪武三年(1370 年)，为（南）京（北）京古驿道重要津梁，俗有“九省通衢”之称。嘉靖九年（1530 年），桥

赤栏桥

被山水冲倒，知县谢迁举委驿丞李复善督建；后又倾圮。万历六年（1578 年），知县郑之亮委驿丞蒋度重修。清乾隆年间，知县孙维龙再次重修，一直保存至今。

赤栏桥为单孔石拱桥，总长 16 米，宽 10 米，孔跨径 8.05 米，现基本保持完好。桥面用长条石弧形铺砌，两侧无栏，桥基南北两侧筑有驳岸。该桥为三里村小街组通往红心镇的必经之路，由于年久失修，桥面除了拱券上方石条完整保存外，桥基上方石条皆毁。1973 年，公路改线北移，新建钢筋混凝土双曲拱桥，仍称作红心桥。

2015 年 1 月，赤栏桥被凤阳县人民政府公布为第二批县级文物保护单位。

53 顺阳桥

顺阳桥，位于定远县城南门口，始建于唐高宗李治时期（650—683年），因是附近周氏独家捐资建造，取名周桥。唐天宝四年（745年），定远县治由东城（今大桥乡境内）迁入今址，并于宋嘉定四年（1211年）营造了城墙，因桥在南门，当地习惯称南门大桥。历史上周桥曾几经水毁，皆因特殊的地理位置而得以及时修复。清康熙二十八年（1689年），周桥再次水毁，城内多家富户纷纷捐资重建。大桥竣工，时任定远知县曲震认为，山之南水之北为阳，桥下河水顺阳而下，遂更名为“顺阳桥”，并写诗记之：

石梁如砥偃长虹，波静沙平济涉通。
盘屈气吞千尺岸，横斜势压万涛风。
才非司马题桥拙，政逊崔公渭水同。
从此临河无返辙，任教冠盖自西东。

重建后的顺阳桥，为三孔条石拱形桥，长21米，高8米，桥面宽6.5米。条石之间用糯米汁与石灰灌注，桥两边有青石栏杆，两头各有石狮一对，桥头立有碑记，气势壮观。石狮、石碑现已荡然无存，修合蚌公路时，桥面降坡改平，加修了水泥栏杆。

提起顺阳桥，还有一段有趣的传说。

相传江南有一隐士，名叫吕留良，此人一生不愿做官，专事著书立说。他死后，有人告发他在著作中有反清复明思想，雍正皇帝听了信以为真，下令劈棺毁尸，焚烧其放在棺内的所有书籍。吕氏子孙和族房受到株连，全被杀害。

吕留良有个孙女，叫吕四娘，她面对全家被抄、户灭九族的苦难遭遇，单身一人，逃离家乡。吕四娘心想，四海之内，举目无亲，向何处避难为好呢？经过一番苦思冥想，她觉得祖父反清为了“复明”（恢复大明朝），我不如逃往朱元璋聚众起义的地方——定远县。那里有许多明朝开国元勋的后代，到那去或许可以找到安身之所。就这样，吕四娘浪迹江湖，隐姓埋名，怀着报仇雪恨的心愿，最

顺阳桥

终来到了定远县。

吕四娘到了定远以后，几经周折，住进了尼姑庵，经老尼姑的开示，削发为尼。自从吕四娘进了尼姑庵以后，人们改称尼姑庵为“四姑庵”，也称“私姑庵”。

吕四娘平日烧香、念经，夜晚则孤身一人来到“四姑庵”附近的顺阳桥上练剑习武，冬练三九，夏练三伏，每次练剑，剑声、风声浑然一体，河水为之不流。七年过去了，吕四娘练就一身过硬武功，她悄悄离开定远，奔赴京城，趁夜深人静，攀援宫墙外的树木，翻进皇宫内，潜入皇帝卧室，将雍正刺杀在龙床之上，为全家报了仇。

54 积玉桥

积玉桥横跨襄河，原名“市石桥”，民间俗称“大石桥”。桥长 41 米，宽 4.2 米，高 9.6 米，四垛、三孔，桥面皆以石条垒成，砖砌栏杆。大桥中孔上镌刻“积玉桥”三个大字，为邑人江克让所书。

积玉桥为全椒古代第一名桥。相传始建于西汉初年。清康熙十三年（1674 年）《全椒县志》载，东晋简文帝咸安元年（371 年），大司马桓温讨伐袁瑾，袁氏求救于前秦，前秦遣将军王鉴、张蚝帅步骑三万来助，桓温遣桓伊等人迎击王鉴、张蚝于积玉桥，大破秦兵。《宋史》“金人大战积玉桥”，即指此地。宋嘉祐二年（1057 年）建石桥，明代多次复修。清宣统元年（1909 年），桥毁。

民国六年（1917 年）重修积玉桥，在清理桥墩时，发现散见于桥石中的残字石刻，每石一字，达千余字，被填入积玉桥桥基之下。民国九年版《全椒县志 · 碑刻》载：“积玉桥残字，民国六年发现，桥断于宣统元年，至是年重修，始为邑人江克让所得，共拓八十六字，前后凡四跋，备纪此事颠末。近经金石家李瑞清曾临鉴赏，论为萧梁人手笔，与鹤铭同时。原石仅存二十六字，藏学宫内，馀悉甃入桥址，填没难拓，惜哉。”

积玉桥残字的内容是千字文，一石一字，李瑞清在《跋》文里写道："况文本千文，当时周兴嗣初奉敕为千文，或民间盛行以之记石数耳。"积玉桥残字石刻发现后，当时全椒书法家江克让"见其结构奇古""其为古物无疑也"，就叫他的二儿子江兆沅和弟子盛峻居在乱石中搜拓了八十六字，并将拓本印了若干份，委托当时正在上海设馆的本县学人汪文鼎转请著名金石家、书法家李瑞清鉴定，李瑞清认为："其用笔古厚浑朴，文字之损益，皆六朝法也。"江克让死后，八十六字拓本及江克让、李瑞清跋文，一直由其子江兆沅保存，兆沅之子江家荫生前曾谓其父去世后，此件由继母保存。1985 年出版的《全椒县文物志》载："江氏将所拓八十六字装潢成册，曾由中华书局影印成《全椒县积玉桥残字》一书"。1992 年，书画家刘二刚先生在南京发现并收藏了《初拓全椒积玉桥残刻》，有原拓七十七字，每字每片 18×18cm，以及江克让的题识和惠同的跋文。2000 年 4 月 12 日《书法导报》作了

积玉桥

《积玉桥残刻》封面

具体介绍。数年前，江兆沅的后人鲁开先赠送全椒县文联一套《全椒积玉桥残刻》册页，为上海有正书局出版。

55 嘉山县抗日民主政府旧址

嘉山县抗日民主政府旧址，坐落于明光市自来桥镇老街，清末民初建筑，原为镇上李氏地主住宅，建筑面积365平方米，院落占地面积约650平方米，其中汪道涵旧居建筑面积18平方米。

自来桥镇为抗战时期新四军江北重要根据地之一。1939年5月，汪道涵在自来桥代表上级党组织批准成立中国共产党嘉山县第一个党支部，在这里创办青年讲习所，培养革命同志。1940年3月中旬，中共嘉山县抗日民主政府正式成立，县政府就设在自来桥镇，汪道涵同志任嘉山县第一任县长。

目前，包括汪道涵旧居在内的嘉山县抗日民主政府旧址保存完好，2012年被列入红色旅游景点，省拨款1200万元对旧址进行修缮，新建嘉山县抗日民主政府纪念馆；2017年6月29日，嘉山县抗日民主政府旧址被滁州市人民政府公布为第五批市级文物保护单位；2019年3月28日，嘉山县抗日民主政府旧址被安徽省人民政府公布为第八批省级文物保护单位。

汪道涵原名汪导淮，明光镇人，1915年3月27日出生于芜湖安徽省立第二甲种农校。中学开始接触共产主义思想，参加抗日救亡运动，一生坚定追求革命理想。晚年出任海峡两岸关系协会会长，开启两岸政治对话新纪元，为促进两岸关系发展做出了特殊贡献。

1939 年 5 月 19 日晚，汪道涵率领新四军四支队战地服务团，借着夜幕掩护越过日伪封锁的津浦铁路，到达自来桥镇。为更好地宣传发动群众，建立抗日根据地，6 月，汪道涵发展金石、刘仲民、周正渭等优秀青年加入中国共产党，组建中共自来桥第一个党总支部；9 月，汪道涵被任命为中共来（安）六（合）滁（县）边区委员会委员；10 月，组建了“小横山抗日游击中队”。

次年元月，五支队命令汪道涵组建嘉山县抗日民主政府。在自来桥，汪道涵先后与嘉山、盱眙、来安三县的国民党县长见面会谈，宣传党的抗日民族统一战线，争取他们与我党我军合作抗日。嘉山县县长周少藩、盱眙县县长秦庆霖是国民党顽固派，他们表面抗日，暗中反共，汪道涵在上级党组织和新四军第五支队支持下，与其进行了针锋相对的斗争。到 1940 年初，新四军的抗日政策已深入人心，国民党嘉山县政府在人民心中已失去了威信。这时，五支队情报部门得到周少藩准备带部队投靠秦庆霖的情报，为此，罗炳辉专门派汪道涵前往自来桥东南十几里的朱山港劝说周少藩留下，共同抗日。

1940 年 3 月 10 日下午，汪道涵赶到朱山港时，周少藩已做好了撤走的一切准备。汪道涵当场批评周少藩，指出他拉队伍投靠秦庆霖是错误的，劝周少藩不要与人民为敌，不要破坏抗日民族统一战线。周少藩见事已败露，露出了本来面目，命令卫兵将汪道涵的枪收缴了，并将汪反手捆绑起来关进后院柴房，然后立即动身投奔盱眙秦庆霖去了。

翌日晨，汪道涵设法脱身，迅速赶往五支队向罗炳辉汇报周少藩逃走的情况。罗炳辉说，周少藩逃走了也好，这样我们建立自己的政权反而名正言顺了。他要求汪道涵按照中原局的指示，抓紧建立抗日县政府。中共津浦路东省委和五支队于3月中旬正式批准成立嘉山县抗日民主政府，县政府设在自来桥街道北头，汪道涵任中共嘉山县委委员、县抗日民主政府首任县长兼县总队总队长。之后，来安、天长、六合、盱眙、高邮、淮宝、甘泉，先后建立了抗日民主政权。嘉山县自来桥和来安县半塔集周边成了皖东抗日中心地带。在上级党组织和中共嘉山县委领导下，汪道涵组建了县政府秘书、民政、军事等办事机构，建立区乡政权和自己武装，领导减租减息斗争，努力发展生产，保障供给，改善人民生活；组建了农民、青年、妇女等抗敌协会。嘉山抗日根据地各项工作开展得有声有色，走在全边区的前列。

为了巩固革命政权，保卫人民群众安全，必须建立和扩大人民武装。根据当时情况，唯一办法就是要从地主豪绅手里收集枪支。当他知道某小镇上一个地主家里私藏十几支步枪的信息，立即带领民兵去征集。地主听到风声，早将枪支埋藏起来，谎称没有枪支。汪道涵在地主家发现青石门槛下面有松动痕迹，叫人把青石门槛撬开，发现十几支步枪就埋在下面。这家地主的枪支被征用，一下子打开缺口，其他地主豪绅家的私枪也都自动交出，嘉山县的革命武装很快发展壮大起来。

汪道涵非常重视根据地教育工作，在调查了解各乡镇教育现状后，于1941年冬在自来桥召开全县“新文化运动”大会，确定每乡1所学校，村户较多相对集中、孩子较多的村也可以办初级小学；课本一律使用新编的文、史、地、算术和农业知识等；培训教师，提高教师待遇。在自来桥学校还成立儿童团，又在儿童团基础上成立自来桥抗日剧团，利用逢集演出，对配合新四军战地服务团宣传抗日、发动群众、组织青年参军，组建抗日游击队，打击日伪军，保卫、巩固和壮大抗日根据地起到了积极作用。

1941年8月，津浦路东区党委任命汪道涵为中共嘉山县委书记，并继续兼嘉山县县长，后升任八县联防办事处副主任。1942年1月，汪道涵协助方毅工作，先后任淮南苏皖边区行政公署副主任，并兼任津浦路东专署专员、淮南地委财经部部长、路东淮南行政公署副主任等职。在此期间，他参加了半塔保卫战、白沙王阻击战等。1943年，日伪军对淮南革命根据地进行大规模扫荡，汪道涵的妻子戴锡可正在临产，由于环境恶劣，造成营养不足，

汪道涵旧居

又缺医少药，婴儿不到7天就夭折了，戴锡可的身体也极度虚弱。在这危急关头，通过一位开明绅士的帮助，把她安排在一个伪乡长家里休养，才保住性命。汪道涵夫妇为淮南根据地的建立、巩固和发展作出了重大贡献。

自来桥的烽火岁月，一直铭刻在汪道涵的心头。离休后，汪道涵仍惦记着自来桥的建设和发展，1997年，他从美国济丰有限公司募得人民币30万元，全部用于自来桥镇小学新教学楼的建设，并亲笔题写校名“明光济丰希望小学”。

56 淮宁桥

淮宁桥，曾用名阎公桥、广惠桥、弘济桥，位于凤阳县临淮镇马滩街西端，自西向东跨于濠河之上。

淮宁桥始建于明正德年间。清康熙《临淮县志》载，此处“旧为西土坝，淮河泛滥，行者苦之。（明正德）太监阎命僧、唐道雄募建，名‘阎公桥’。嘉靖三十四年（1555 年），（桥被）淮水冲倒；万历四年（1576 年），知县郑之亮创造船桥，名曰‘广惠’。未几又坏，至万历十二年（1584 年），知县陈民性同凤阳卫指挥赵允昌，各捐俸首倡申请院、道、户部分司，本府各衙门捐处钱粮。复命道人吴宾劝募创成石桥，改名弘济桥。至万历戊申（1608 年）六月十五日，山水流涌，将桥冲没，片石无存。邑人梅贤等八人，道流郭万善，募化诸院、道、府捐助，计费五万三千金，重建大桥五拱，壬子（1612 年）工竣，改今名淮宁桥。立有碑记”。县志所载之碑，今已不存。

《凤阳新书》载有《重建濠梁淮宁桥记》云：“前此万历甲申十二年（1584 年）曾创以石砌，至己酉三十七年（1609 年）河涨波啮桥，遂圮。”“是役也，肇兴于万历辛亥三十九年（1611 年）

淮宁桥

之冬，落成于甲寅四十二年（1614年）之夏。”所云年代与前述方志记载不符。重建之桥，“其根齿基址，唐前增而壮；其规模丈尺，庚前地而阔。跨河则有五环，累石则连锻铁，东西亘依石槛阻焉。”后因乾隆三年（1738年）开新河经此桥，当地俗称新桥。

淮宁桥至今保存完好。桥总长60米，宽10米，6垛5孔。桥面以小条石平铺，东端南侧嵌50厘米见方石刻一块，传为张良为黄石公穿靴图。今桥面改为水泥路面，两侧改为砖砌桥栏，南端100米为已淤塞的京沪铁路涵洞，北端150米入淮口因淮河故道抬升新筑拦水坝，原本南北贯通的桥下水域因成内水河。现桥仍为临淮镇横贯东西街的重要津梁。

2016年7月，淮宁桥被凤阳县人民政府公布为县级文物保护单位。

57 涌金桥

涌金桥，初名奎光桥，现在俗称新桥，位于全椒县第三中学东南侧国光楼旁，自西北向东南横跨襄河，为三孔石拱桥。明崇祯时期（1628—1644 年）邑人金光辰、县令孔尚则募建。后圮。清道光末年，邑绅程小圃、江佩蘅、印芾村等各输巨金重建，历时一年多告竣，易名涌金桥。翌年，全椒薛淮生、汪金门、杨稻楼三人同时于咸丰壬子科中举，其中薛淮生获乡试第一。

咸丰八年（1858 年），涌金桥毁于兵火。光绪元年（1875 年），县令吴修之捐俸百金，倡议重建，工程进行一半，因经费不足而停工，后遇春水陡涨，南岸桥圈为急流冲垮，导致前功尽弃。光绪十五年，县令朱寿祥、邑人王澍等利用赈灾银两和以工代赈重建涌金桥，“工求其固，石冀其坚”，自当年九月持续建设到翌年十一月底，工程竣工。有《重修涌金桥记》碑刻，光绪十七年鲁金銮撰，其子鲁光钊书丹。民国九年（1920 年），增修桥面与桥栏。该桥全长 49.3 米，高 8.4 米、宽 4.1 米，石拱孔径为 8.58 米。

涌金桥与积玉桥相距 500 余米，东西对峙，被称为姐妹桥，“锁钥襄流，通衢南岸”。古时孔庙位于两桥之间，故积玉桥与涌金

涌金桥

桥间的襄河亦有“泮池”之称。两桥即为全椒的“金水桥”。

涌金桥下的襄河，发源于县西北的石臼山之阴，一路蜿蜒逶迤，进入县城后，绕过县衙之背、学宫之前，每当潮来雨集，这里樯橹纵横，早在明代泰昌之前，即以“襄水环清”名列“全椒八景”之首。明隆庆进士、全椒人江以东诗云：“烟树千家丽，澄潭泻碧澜。桃浮春涨暖，桂隐月波寒。霁色漪凝练，晓风鹭振翰。会应神剑合，冲汉起双蟠。”襄河经过积玉桥，到涌金桥下开始向北转弯，两桥间北侧有奎光楼滨河而立，明清时期这一带风光旖旎，市井繁华，“长桥上下驾双虹，半锁花封半泮宫。几见轻舟穿碧过，桃花飞雨岸西东。”（明徐华《襄水环清》）

2012 年 12 月，涌金桥被安徽省人民政府公布为第七批省级文物保护单位。

58 龙山寺

龙山寺，原名宝公庵，位于全椒县城西北龙山西麓原管坝乡辖境，今西王镇境内，始建于南朝梁武帝天监年间（502—519年），相传为南北朝名僧宝志所建，故名“宝公庵”。据全椒县现存最早的明泰昌《全椒县志》记载：“宝公庵，西七十里。梁武帝时创。因神僧宝公卓锡寓此。石上有宝公遗迹，有龙洞。今名龙山寺。”

龙山寺当为皖东地区寺庙最古者，迄今已有1500年历史。该寺于元至正四年（1344年）重修，明万历十四年（1586年）续修。原有山门、天王殿、大雄宝殿、钟鼓楼、观音殿、藏经殿等建筑，内塑天王、释迦牟尼、文殊、普贤及诸罗汉塑像。现存文物建筑梁武帝殿、观音殿及院落，占地面积500平方米，清代作过较大修缮；其中梁武帝殿建筑面积约100平方米，尚存明代建筑特征。院内西壁镶嵌三块明清碑刻，记载了该寺沿革和修葺经过。1981年6月，龙山寺被全椒县人民政府公布为县级重点文物保护单位。2017年6月29日，龙山寺被滁州市人民政府公布为市级文物保护单位。

早在明代，多有描写龙山寺周边美景的诗文，全椒人王作霖有诗描绘其境：“览胜过萧寺，参禅忆宝公。千山缘石入，一榻借云笼。茶灶分秋水，香烟动暮钟。归时如有讯，明月在溪东。”龙山寺环境优美，寺后岗峦起伏，类似朝拱，寺周松竹葱茏，黛色参天。山上有宝公遗迹，山巅有泉水倾泻，望之如飞龙落崖，雪蛇走渊。所以，文人墨客游此，往往情不能已。清人吴国缙《龙山》诗云：

林深无熟径，树老不知年。瀑洒千峰雪，岩开一线天。转梯扳殿月，破竹引山泉。尽日登临处，都来翠秀搴。

龙山寺素为江淮胜刹，还有一联可证：

翠竹苍松，幽洞流泉穿古寺；
清风明月，晚钟余响绕龙山。

早在西晋末年，全椒县废，侨置南谯州。南朝齐时，萧懿任南谯太守，他的弟弟萧衍跟随他在南谯城读书。《全椒县志》记载，南谯城在全椒县城北二里尹村，有古城堡，俗称“梁王城”。

萧衍自幼聪明好学，在全椒时常出入佛寺，尤其是风景秀丽的寺庙，他就住入寺内读书。一日，他来到龙山山麓的

梁武帝殿与放生桥

龙洞洞口

一个茅屋尼姑庵，庵为群山环抱，树木蓊郁，翠竹青青，云烟霏霏，是个读书养性佳所。萧衍就此住下读书。谁知庵中有个年轻美貌的尼姑，名唤慧姑，常给萧衍送茶递水，两人又处于青春年少，谈笑玩耍间不知不觉产生了爱情。一天慧姑说萧衍将来有“人王之相”，萧衍回答：如果将来做了皇帝，一定娶慧姑为正宫娘娘。

后来萧懿任南齐的豫州刺史，萧衍做了雍州刺史。因齐王杀萧懿，萧衍起兵反齐，由襄阳率水陆军沿江而下，一举攻克建康（今南京），灭齐称帝，改国号梁。梁武帝登基后，想起了慧姑，对大臣们说，我还有一个正宫娘娘在南谯呢。于是他带着几位随从与宝志和尚一起来到龙山。慧姑知道梁武帝真的要娶她做正宫娘娘时，自觉出家人不配做娘娘，待武帝到时，她已自缢身亡。梁武帝遂命宝志和尚住于龙山，拨给重金，托他在龙山（原名清明山，只因梁武帝在此住过，后改名龙山）最高峰建一座娘娘庙，庙内塑一尊娘娘像，遥望江南。

宝志和尚在山下建一寺，初名宝公庵，后改“龙山寺”。

梁武帝笃信佛教，人称“菩萨皇帝”，据《南史》记载，他曾先后四次舍身同泰寺。他“卷不辍手”，饮食“惟豆羹粝饭而已”，每次判人死罪，都“哀矜涕泣”。在他不遗余力地倡导下，南朝佛教很快进入全盛时期，寺院、僧尼数量剧增，仅建康一处就有寺院500余所，僧尼十万之众。唐代诗人杜牧诗句“南朝四百八十寺，多少楼台烟雨中”，就是当时情形的写照。

59 吴敬梓故居

吴敬梓故居，位于全椒县城襄河镇原河湾老街，系吴敬梓曾祖父吴国对所建。因吴国对是清顺治戊戌年一甲第三名探花，因此故宅又称“探花第”。吴敬梓《移家赋》中“宴婴爽垲，先君所置”，指的就是探花第。

吴国对考中探花后，卜地城北永安门外、拖板桥西，兴建探花第。当年范围相当广阔，坐北朝南，有正宅十进，大门前即河湾街肆，稍前是襄河，河对面分别为吴国对长兄、进士吴国鼎的“蔼园”和五弟吴国龙的“远园”。左右俱为市肆，正宅后有花园曰“遗园”，州门涧流经园北，溪水如带，亭台楼榭。“诏分玉局之书”的赐书楼和“文木山房”（吴敬梓书房）也置于园中。园后为走马岗。整个建筑气势恢宏、幽静典雅。

吴敬梓中年家业败落，家产荡尽，故宅出卖，流寓南京。探花第于清咸丰年间毁于兵火，仅存门前四座巨大鼓形旗杆基石，一度移至吴敬梓纪念馆保存。

1979 年，县文物部门普查、征集吴敬梓著作和吴家遗物时，于袁家湾蔼园遗址吴氏后裔住宅墙基上发掘出土二十余块吴国对手书石刻。这批石刻由吴氏后裔从探花第后花园“遗园”移至蕴园内，民国九年《全椒县志》有记。蕴园石刻现为国家一级珍贵文物。

2007 年，吴敬梓故居被全椒县人民政府公布为县级文物保护单位。2011 年，县政府拨款 2000 万元复建吴敬梓故居，占地面积 7190 平方米，重现吴氏家族盛世生活场景，现已成为该县对外交流的文化名片和吴学研究基地。2017 年 6 月 29 日，吴敬梓故居被滁州市人民政府公布为第五批市级文物保护单位。

吴敬梓（1701—1754）字敏轩，又字文木，号粒民，移家南京后，称秦淮寓客，安徽全椒人。清代著名小说家。生于书香门第，其曾祖吴国对为清顺治戊戌探花，曾祖辈兄弟五人，四成进士，祖父辈进士、举人出仕者甚多。吴敬梓少年聪颖，诗词歌赋、八股文章无不精通。13 岁丧母，14 岁随父宦游赣榆，常往来江淮之间。29 岁乡试不第，终身是个秀才。因其生活豪纵，不习治家，遇贫

吴敬梓故居

即施，不数年家业败落。加之族人倾轧，33 岁出卖祖业，移家南京，为文坛盟主，过着“失计辞乡土，论文乐友朋”的生活。为修复先贤祠又出卖江北老屋成之，故日愈贫困。36 岁时，安徽巡抚赵国麟知其才华，荐博学鸿词试，吴敬梓因病笃辞，未赴廷试。自此放弃秀才籍。随着阅历的增多，逐渐认清了科举制度的毒害和一些道貌岸然文人的丑恶嘴脸，联系自己的家世生平和所遭受的磨难，不断地内省自己、静观世态，39 岁开始，凭藉卓越天才和叛逆精神，花了近十年时间，写成讽刺小说《儒林外史》。小说以批判封建科举制度为中心，讽刺程朱理学及封建礼教，广泛揭露社会矛盾，被誉为世界文学史上讽刺巨著。其晚年生活更加贫困，靠卖文典衣和亲友周济为生。冬夜无以御寒，出门步行，谓之“暖足”，其风趣如此。因不依附豪门，不逢迎权贵，品德为人所重。经常往来于南京与扬州间，小说始写于南京，润饰定稿在扬州。《儒林外史》已翻译有英、俄、德、法、日、荷、意、越等国文字。此外，其诗文辞赋收入《文木山房集》中。乾隆十九年（1754 年），吴

光绪十四年齐省堂本《儒林外史》

敬梓客死扬州，归葬南京，终年五十四岁。

吴敬梓生前，《儒林外史》仅以手抄本流传。清嘉庆八年（1803年）的卧闲草堂本是现今最早的《儒林外史》刻本。该版本世界上仅存三部，分别藏于首都图书馆、复旦大学图书馆和英国伦敦博物院。

“我们安徽的第一个大文豪，不是方苞，不是刘大櫆，也不是姚鼐，是全椒县的吴敬梓。”这是我国著名学者胡适对吴敬梓的评价。作为安徽人的胡适，对吴敬梓及其《儒林外史》情有独钟，不仅写出《吴敬梓传》，还花了近两年的时间搜集整理资料，于1922年写出了“吴学”研究中有着重要影响的《吴敬梓年谱》。

1959年，吴敬梓家乡全椒县在城南平顶山上兴建吴敬梓纪念馆，有纪念厅七间，两庑十余间，围以古式花墙，左有荷花塘，面对南屏山。陈毅、郭沫若、老舍为之题词，何香凝作《梅竹图》，程十发为吴敬梓造像。十年动乱，纪念馆被破坏，后又被水利局占用。1985年，重新在吴氏故宅遗址后山走马岗建立新馆，占地面积四千多平方米。时任安徽省省长王郁昭，书画家刘海粟、林散之题写馆名；周谷城、臧克家、李苦禅、赖少其、费新我、关山月、萧娴、范曾等学界和文艺界名流作书画诗联。其中，有两副楹联

吴敬梓塑像

被广泛传抄：

儒冠不保千金产；
稗说长传一部书。
——萧娴

公心讽世重天下；
辣手裁文醒士林。
——关山月

参考文献

1. 清康熙《滁州志》，黄山书社，2007 年 12 月版；

2. 清光绪《滁州志》，黄山书社，2007 年 12 月版；

3.《滁州市文物志》，滁州市（县级）文化局 1987 年 10 月内部版；

4.《全椒县文物志》，全椒县文化局，1985 年 12 月内部版；

5.《滁州历史文化遗存》，安徽人民出版社，2003 年 9 月版；

6.《古清流关》，滁州市（县级）文化局，1990 年内部版；

7.《皖东人物》，中国文史出版社，2011 年 8 月版；

8.《滁州古城记忆》，黄山书社，2016 年 8 月版；

9.《皖东文史》第七、八辑，滁州市政协文史资料委员会，2007 年 12 月内部版；

10.《皖东文史》第十四辑，滁州市政协文史资料委员会，2017 年 12 月内部版；

11.《琅琊山诗词选》，黄山书社，1990 年 11 月版；

12.《琅琊人文》，黄山书社，2011 年 11 月版；

13.《乌衣文韵》，南谯区政协文史委，2015 年 6 月内部版；

14. 清道光《来安县志》，黄山书社，2007 年 8 月版；

15.《中国历史大事年表》，上海辞书出版社，1983 年 12 月版；

16.《人文滁州》第二期，滁州市地情人文研究会，2010 年 7 月内部版；

17. 民国《滁县乡土志》，滁州市（县级）地方志编纂办公室，1984 年 11 月内部版；

18. 明泰昌《全椒县志》点校注释本，全椒县地方志办公室，1992 年 8 月内部版；

19. 民国《全椒县志》点校注释本，全椒县地方志办公室，1999 年 6 月内部版；

20.《全椒县志》，全椒县地方志办公室、全椒县档案局，2006 年 12 月内部第二版；

21.《滁州市志》（全六册），方志出版社，2013 年 9 月版；

22.《滁县地区志》，方志出版社，1998 年 2 月版。

后　记

出于对文史与文物工作的热爱，当接到这本书的写作任务时，我欣然应允。

然而，在接下来的日子里，我逐渐体会到一份沉甸甸的压力：一是原本再熟悉不过的古建筑，倘若坐下来细究她确凿的历史，自己的胸中储备未免捉襟见肘；二是偏远县乡的古建筑，资料的收集与查证颇有难度；三是同一座古建筑，不同版本介绍互有出入，迫使我不得不停下手头的写作，去寻访更具权威的史料或者当地老人，作一番钩沉与甄别。

好在，书柜里收藏了一些蒙尘的志书；好在，每个县市仍有几位文史与文物的热心人；好在，用心触摸历史，那些石桥老屋古井并非冰冷与缄默；好在，家人理解与支持，给予我充裕的时间，甚至老伴充当驾驶员，陪我去县乡拍摄资料图片。

皖东地区历史悠久，文化底蕴深厚，其中的建筑文化犹如璀璨星辰，熠熠夺目。拙著《滁州古建筑》与另外的两本《故事里的琅琊山》《凤阳中都城》，既遥相呼应，又相互补充，当为皖东地区古建筑灿烂文化的全面解读，亦是美好滁州建设的一项文化工程、德政工程。

诚然，实地调查中亦伴有诸多遗憾，一些当初名声赫赫的古建筑正在逐渐消失，如滁城杭立武故居、全椒太平桥、凤阳广运桥、天长叶氏祠堂等，有的夷平它用，有的拆旧建新，因此，对现存文物切实采取措施、加以修缮和保护，乃当务之急。亦有个别古建筑，诸如炉桥中学民国教室、龙岗真武庙等，查无知情人和翔实史料，成为遗珠之憾。

对于本书的撰写，市县文物系统诸同仁给予热情帮助，滁州学院皖东历史文化研究中心提供方便和支持，市委党史和地方志研究室副主任许恒贵同志担纲本书审稿工作，提出书面审读意见，在此一并致谢！囿于鄙人学识谫陋，书中错讹之处难免，恳请方家不吝赐教，以便再版时进一步修订完善。

黄玉才

己亥仲夏于西涧草堂